Narratori

# Chiara Gamberale
# Adesso

© Giangiacomo Feltrinelli Editore
Published by arrangement with Marco Vigevani & Associati Agenzia Letteraria
Prima edizione ne "I Narratori" febbraio 2016

La citazione dall'Opera *Le luci nelle case degli altri* di Chiara Gamberale
viene pubblicata su gentile concessione della Mondadori Libri Spa
© 2010 Mondadori Libri Spa

La citazione a p. 140 è tratta dal romanzo di Javier Marías
*Domani nella battaglia pensa a me*, Einaudi, Torino 2014

Stampa    Grafica Veneta S.p.A. di Trebaseleghe - PD

ISBN 978-88-07-03182-3

FSC
www.fsc.org
MISTO
Carta
da fonti gestite in
maniera responsabile
FSC® C021883

**www.feltrinellieditore.it**
Libri in uscita, interviste, reading,
commenti e percorsi di lettura.
Aggiornamenti quotidiani

IL RAZZISM
È UNA
BRUTTA STORIA.
razzismobruttastoria.net

*Ad Esso*

*Non può esistere alcunché di unico o d'intero
che non sia stato strappato.*

W.B. YEATS


*...Ma infelice chi sa già tutto
E non si fa montar la testa,
Chi ogni moto e parola detesta
Nel loro reale costrutto,
Chi raggelato dall'esperienza
Proibisce al cuore ogni demenza!*

ALEKSANDR PUŠKIN, *Evgenij Onegin*,
cap. quarto, LI

È che ci sono sette miliardi di persone, al mondo.
Ma fondamentalmente si dividono in due categorie.
Ci sono quelle che amiamo.
*E poi ci sono tutte le altre.*

"*Italiana?*"

"*Sì. Anche tu?*"

"*Français. Di Metz.*"

"*Però parli italiano.*"

"*Un petit peu: italiano da spiaggia.*"

"*Prima volta a Santa Cruz?*"

Con le mani fa segno ventidue e indica con il mento la tavola da surf, dietro al bancone del bar. "*Je suis André. Tu?*"

"*Lidia.*"

"*Ti piace Santa Cruz, Lidia?*"

"*Mi fa schifo.*"

"*Pourquoi es-tu ici, alors?*"

"*Perché un mese fa ho firmato la separazione da mio marito, cioè dal mio ex marito, e in un libro stupidissimo – che però mi ha consigliato la mia psicanalista – ho letto che, per abituarsi ai grandi cambiamenti che ci impone la vita, bisognerebbe provare in continuazione cose che non avremmo mai immaginato di fare... Così, la prima è stata dare retta a un libro stupidissimo, appunto... E la seconda è stata venire qui, in un posto che identificavo con il male, perché mio marito – il mio ex, marito – mi aveva messo in testa che la California fosse violenta, dispersiva, ormai sopraffatta da se stessa, ma...*"

"*Ma?*"

"Ma l'ho trovata violenta, dispersiva, ormai sopraffatta da se stessa."

"Ti piace di bere, eh?"

"È una cosa nuova che sto imparando a fare..."

"Une autre Bud?"

"Merci."

"Plus tard?"

"Più tardi cosa?"

Più tardi si incontrano in un ristorante messicano, mangiano un burrito in due, ma per finta, già impegnati come sono a spogliarsi col pensiero, finché finalmente: su su, s'arrampicano per le scale della pensione dove André ha una stanza, il numero è 26, perdona il disordine, ma figurati, eau?, giusto un goccio, grazie.

"Viens ici."

Passano i giorni, più o meno dieci. Lidia gli confida di come ci si senta separati anche dentro, quando ci si separa da qualcuno che abbiamo davvero amato, lui non riesce a capire proprio proprio tutte le parole, ma trova che il timbro della sua voce pieghi onde mai cavalcate; lei gli chiede parlami di te, non capisce proprio proprio tutte le parole, forse a Metz ha un negozio di scarpe ortopediche, forse è nato a giugno, ma è rapita dagli occhi di André che sembrano finestre appena lavate, dalle braccia forti di André, da quant'è naturale André, e intenso, da quanto ha sempre voglia di lei, mentre Lorenzo non ne aveva mai, da come la bacia dalla fronte alle dita dei piedi e poi dalle dita dei piedi alla fronte, mentre Lorenzo non si faceva baciare neanche su una guancia negli ultimi tempi, lei ci provava e lui con la mano faceva quel gesto brutto, scomposto, eddai Lidia, come per cancellare il bacio.

È quasi l'alba del loro ultimo giorno a Santa Cruz e André, un attimo prima di addormentarsi, le fa scivolare una mano fra le gambe, tanto così, perché lei possa tenerla con sé: e a Lidia *pare di sentire, sotto le costole, all'altezza della pancia, una pallina che si muove.*

*"À Paris, dans deux semaines," promette lui, all'aeroporto, prima di vederla ingoiare dai controlli di sicurezza.*

*"A Parigi, fra due settimane," promette lei.*

*E dopo due settimane, ecco: si incontrano a Parigi.*

*Sono già nudi quando entrano nella mansarda che un amico ha prestato ad André e che a Lidia sembra sia al Marais, ma potrebbe sbagliare, perché non escono neanche per fare la spesa, mangiano quello che c'è, gaufres al cioccolato, gallette di riso, maionese, bevono succo di mirtillo e Heineken.*

*Si rivestono dopo tre giorni, quando André le dice mi piacerebbe portarti a casa mia.*

*"Oui, André. Oui, oui. Andiamo."*

*Vanno.*

METZ 12 km *assicura un cartello.*

*Lidia chiede ad André di accostare.*

*"Non mi sento bene."*

*"Que se passe-t-il?"*

*"Non capisco, parla in italiano per cortesia."*

*"Che cosa c'è."*

*"Niente."*

*Non è vero, qualcosa c'è. O meglio: non c'è più. Perché la pallina che quella notte a Santa Cruz, con la mano di André nelle mutande, le si era annidata all'altezza della pancia, una specie di passerotto ancora senza piume, con gli occhietti incollati, via!, sta già volando via. E lascia un buco – il solito buco – dove per un attimo c'era stata, maledizione, sì che c'era stata: una nuova possibilità.*

*Chi è questo tizio che guida e mi tiene la mano come se fossimo sue – la mia mano e io –, come se la macchina fosse nostra e per di più come se tutto questo non fosse un delirio, ma un presupposto?, si sta chiedendo Lidia, piegata in due a vomitare, sul bordo di una sopraelevata nel Nord della Francia. Chi è?*

15

*È Lorenzo? No, non è Lorenzo. E allora che ci sto a fare io,
qui? Che cosa significa Metz? Perché mai dovrei trovarmi a dodici chilometri da questa città?*

    *No, no no.*
    *Non io, non con lui.*
    *Non a Metz.*
    *Non adesso.*

"...pensa che buffo, il figlio di una mia amica chiama 'mammo' il papà. Puoi immaginarti la frustrazione di lui! La mia amica ci ha provato a spiegargli che non deve rimanerci male, è solo un modo che il bambino ha per..."

"Certo che ti piace chiacchierare, eh."

"Quando sto bene sì... A te no?"

Pietro guarda per la prima volta negli occhi la donna stesa accanto a lui: "Generalmente no. Ma dipende".

"Da che cosa?"

"Non saprei."

"Mmm."

"Hai una schiena così sinuosa..."

"Scemo."

"No, dico la verità. È davvero notevole, ogni volta che passo davanti alla tua bottega e sei di spalle mi soffermo a guardarla. Sembra che stia per mettersi a fare musica da un momento all'altro."

"Grazie, Pietro. Sei gentile. Di solito gli uomini di me per prima cosa non notano la schiena... Ma che fai, arrossisci? Che uomo strano sei. Non ti devi vergognare se ti piacciono le mie tette. Quando mi sono esplose, a dodici anni, le ho detestate, ti dico solo che la professoressa di religione, alle medie, mi obbligava a usare un grembiule di due taglie più grande, e allora..."

17

"*Perché ti rivesti?*"

"*Be', la pausa pranzo è finita, devo tornare alla mia bottega, come la chiami tu. Ci vediamo dopo, così continuiamo tutti i discorsi che abbiamo lasciato a metà?*"

"*Alle quattro passo a prendere mia figlia a scuola e poi la porto a pattinaggio.*"

"*Ok. E stasera?*"

"*Mia moglie esce e io sto con mia figlia. Comunque ti chiamo.*"

"*Non lo farai.*"

Non lo farà.

*Perché adesso non mi va, pensa Pietro, ogni volta che sarebbe sul punto di mandarle almeno un messaggio, mentre, seduto sulle gradinate della pista di pattinaggio, tanto per fare qualcosa, gioca col cellulare, scorre l'elenco dei numeri in rubrica e, quando arriva a* VALENTINA ERBORISTERIA, *si ferma, poi va avanti, torna indietro, si ferma e di nuovo avanti, veloce, fino all'ultimo numero e poi su, dall'ultimo al primo. Tanto per fare qualcosa.*

*La figlia, al centro della pista, prova un salto che gli pare si chiami flip, cade, gli fa ciao con la mano, ancora cade, ancora gli fa ciao, le balla il mento, non sa se piangere o ridere, fissa Pietro negli occhi, si dicono senza dirsela una cosa solo loro, poi ride e Pietro ride con lei, il cellulare chi lo sa dov'è finito, in quale tasca, la destra o la sinistra, della giacca o dei pantaloni.*

*Perché è il classico stronzo che dice di essere in crisi con la moglie ma non la lascerà mai e dalle altre donne cerca sempre e solo quel minimo di conforto per tirare avanti, pensa di lì a qualche ora Valentina, mentre abbassa la saracinesca dell'erboristeria, in quella sera che più di qualsiasi negozio avrebbe bisogno di una saracinesca, per chiudersi e basta, riaprirsi direttamente sulla mattina dopo. Anziché lasciare uscire da un tombino cose strane, inopportune, come l'ombra che le soffia in un orecchio stai tranquilla, ci sono io, che cosa vuoi mangiare per cena, piccola mia? Valentina scuote i riccioli, è già primavera ma l'aria è anco-*

ra fredda, stringe le tette esagerate e la schiena che fa musica e tutta sé nel piumino. Lei lo chiama Max, ma sa perfettamente che non è un uomo vero, quello che è sbucato dal tombino: è una fantasia, è la solita fantasia, è solo triste Valentina, "mica sono pazza". No, non è pazza Valentina. Anche se fa scorrere la zip del piumino fino al collo, si infila il casco, accende il motorino e bisbiglia: "Stasera vorrei un piatto di pasta, grazie Max. Pomodoro e melanzane. E poi vorrei un bacio. Adesso".

*Da: lidia.frezzani@tin.it*
*Data: 10-dicembre-2012 00:58*
*A: lucacanfora@yahoo.it*
*Ogg: Questa è una dichiarazione*

*Caro Luca,*
*un anno e mezzo fa, quando mi sono separata da Lorenzo, la*
*mia psicanalista mi ha spinta a leggere quel libretto che chissà a*
*quante donne in crisi come me hai venduto e che in sostanza*
*consigliava, a chi cerca di superare un trauma, di fare per un me-*
*se, ogni giorno, una cosa che non avrebbe mai immaginato di*
*fare. Ci ho provato ma non credo abbia funzionato granché, se*
*ancora mi sento un criceto che corre sulla ruota delle solite di-*
*pendenze e delle solite nostalgie... Eppure oggi mi ritrovo di nuo-*
*vo a fare una cosa mai fatta prima.*
*Perché questa è una dichiarazione.*
*Mi piaci, Luca. Mi piaci tanto. Mi piace come pensi, come muovi*
*le mani, mi piace quando sorridi anche se credi di non esserne*
*più capace. Ecco, l'ho detto.*
*Non riesco a immaginare il tuo dolore: non posso. Però so che, a*
*separarsi da qualcuno che abbiamo amato tanto, ci si sente se-*
*parati anche noi, dentro. Certo, anche se Lorenzo e io non stiamo*
*più insieme, mi sveglio ogni mattina e ogni notte mi addormento*

*in un mondo dove lui c'è ancora, e se voglio posso andare a tro-
varlo, vedere la sua faccia, la pelata che avanza, posso ascoltare
la sua voce e le sue cazzate... Per te è diverso. Lo so, Luca. Lo
so. Quello che invece non so è se sai che, da quando sei arrivato
tu, non è solo la libreria a essersi trasformata. Mi sono trasformata pure io: perché ogni volta che mi ritrovo a passare lì davanti,
cerco sempre una scusa per entrare. Ed era tantissimo che ogni
posto mi era indifferente, rispetto a quello che chiamavo casanostra e che non esiste più.*

*Tutto qui.*

*Il mio numero è 335/301340. Il mio indirizzo, via Grotta Perfetta
315.*

*Sono sveglia.*

*L.*

*Da: lucacanfora@yahoo.it
Data: 15-dicembre-2012 15:04
A: lidia.frezzani@tin.it
Ogg: Re: Questa è una dichiarazione*

*Ciao Lidia,
scusa se ti rispondo solo ora: in libreria questo è un periodo complicato... ma non mi lamento. Fra tutto quello che Federica si è
portata via per sempre, tre anni fa, c'è anche il Natale. Così, le
richieste assurde dei clienti (oggi una signora mi fa: "Vorrei un libro di cui non ricordo l'autore: si intitola* Tutte le poesie"...) *almeno mi distraggono dall'aria di festa che comunque non può con-
tagiarmi.*

*Per quanto riguarda la tua mail, ci tengo a essere sincero con te
e spero non me ne vorrai: la nostra situazione è diversa non solo
perché Lorenzo è vivo, mentre Federica è morta. La nostra situazione è diversa perché, se Federica fosse viva, lei e io ora sta-*

remmo insieme, *"in quel posto che chiamavo casanostra"* e che avevamo appena cominciato a esplorare.

*Tutti mi ripetono che, anche se non riesco ad accettare quello che le è successo, ormai dovrei quantomeno accettare di esserle sopravvissuto, ma non ce la faccio e, se devo dirla tutta, non ne sento questo gran bisogno. Sai, magari può suonare ridicolo quello che sto per confidarti, ma, quando ho chiesto a Federica di sposarmi, le ho promesso che non avrei mai più toccato un'altra donna in vita mia.*

*Dopo quattro mesi è diventata mia moglie e dopo sette mesi non c'era più: ma quella promessa dentro di me resiste e non mi devo sforzare per tenerle fede. Mi viene assolutamente naturale farlo.*

*Sincerità per sincerità, permettimi anche un piccolo consiglio... perché non tagli definitivamente i ponti con il tuo ex marito? Sono sicuro che, appena lo farai, incontrerai un uomo che saprà darti tutto quello che meriti.*

*Ma quell'uomo non posso essere io.*

*Certamente non adesso.*

*Continuo comunque a essere un accanito fan di* Tutte le famiglie felici *(a proposito, la puntata nella tribù dei Mursi è stata notevole)* e ti aspetto presto in libreria.

*Con immutata stima,*

*Luca*

"...e di che segno sei, Pietro?"

"Bilancia."

"L'avrei detto da come vesti: sei elegante, impeccabile, però non dai nell'occhio. E anche da come scrivi... In chat sono tutti talmente sciatti: tu invece ci tieni a esprimerti bene."

"Mi viene spontaneo."

"Appunto. Questo non è stato un anno facile per la Bilancia, ma il 2013 dovrebbe essere buono. Voglio controllare. Io invece sono Acquario. Ascendente Toro."

"Ah."

È da quando si sono seduti a quel bar che Pietro ha notato che la sua amica di chat ha una calza smagliata. E non riesce a distrarsi da quella smagliatura.

"Sì. Da convinta junghiana mi intendo molto di astrologia, ma non te l'ho mai scritto perché mi dicevo chissà, lui sembra così serio e, se posso permettermi, così affezionato alla sua serietà... magari ha un pregiudizio verso gli oroscopi e potrebbe pensare che io sia la tipica radical chic che fa la psicologa per hobby, per sostituire i suoi problemi con quelli degli altri, ma che poi non a caso si butta in una chat, perché..."

"Figurati, Mina. Figurati. Chiediamo il conto?"

"Ok. Andiamo a bere un'altra cosa al bar del mio albergo?,

*così ti faccio vedere la polaroid originale della Woodman di cui
ti parlavo, quella con cui apro il mio intervento."*
"*Magari domani.*"
"*Domani, dopo il convegno, riparto subito per Roma. Do-
vremmo andare adesso.*"
"*No, meglio di no. Adesso no. Stasera ho promesso a mia
figlia di guardare con lei la puntata di* The Vampire Diaries. *E
sta anche per scadere il parcheggio della macchina.*"
"*Allora ciao.*"
"*Ciao.*"
"*Grazie per l'aperitivo, comunque.*"
"*È stato gradevole, grazie a te. A presto.*"
"*A presto. Sì.*"

*"...dunque... Dunque tu passi la giornata chiuso in un laboratorio?"*

*"Esatto."*

*"E sei diventato un medico."*

*"Uno scienziato, per la precisione."*

*"Uh! La scienza. È un po' come osservare il mondo a distanza di sicurezza, insomma... al di là del vetro delle intenzioni: no?"*

*"Perdonami Lidia, purtroppo il mio lavoro mi impone di astenermi dall'imprecisione delle metafore, anche se mi pare di ricordare che a te sono sempre piaciute. Comunque, nello specifico, mi occupo di dolore. Il mio gruppo di ricerca sta mappando la capacità umana di distinguere spazialmente gli stimoli dolorosi."*

*"Interessante." Dice sul serio, Lidia: le sembra davvero molto, molto interessante, anzi le sembra eroico, che qualcuno si sforzi di mappare proprio i posti in cui tutti sono destinati a perdersi. E...? E se? E se finalmente fosse lui. A una pizza di sabato sera fra ex compagni di liceo dove non volevo nemmeno venire, figurati! Roberto Zanetti: a suo tempo mi sembrava l'inavvicinabile primo della classe, punto, ma a osservarlo bene, oggi, con questa spruzzata di grigio fra i capelli che gli approfondisce i lineamenti, non è male, ha gli occhi veloci e brillano, una vocazione sincera per quello che è importante, per quello che è giusto,*

*che è vero, no no: non è affatto male. Lorenzo intuiva, facile così. Roberto Zanetti invece studia. E studia il dolore. Allora chissà. Forse sì. Forse saprà raggiungermi proprio lì: dove fa male.*

"*E tu, Lidia? Sei diventata una star, complimenti. Ammetto di avere visto solo un paio di puntate del tuo programma, ma non mi è sfuggito il suo profondo valore politico. Etico, direi.*"

"*Grazie. Però...*"

"*Però?*"

*Avvicina la sedia, abbassa la voce: "Però direi che per me funziona all'opposto rispetto a te".*

"*Cioè?*"

*Glielo soffia in un orecchio: "Cioè, mentre tu ti occupi della sofferenza, da almeno tre anni è la sofferenza che tende a occuparsi di me".*

"*Buona questa, Lidia. Davvero buona," ride di gusto lui. E le posa una mano sul ginocchio. Ripete, fra sé: "È la sofferenza che tende a occuparsi di me...", mentre non stacca la mano da quel ginocchio. "Hai sempre avuto la battuta pronta, anche quando eravamo al liceo." Fa scivolare le dita piano, avanti e indietro, sul ginocchio di Lidia.*

*E lei pensa. Non sente niente. Assolutamente niente. Ma pensa. Pensa: lunedì mattina devo portare Efexor dal veterinario, poi devo passare dalla tintoria, chissà Lorenzo che cosa starà facendo stasera, l'appuntamento con la troupe è lunedì alle sette meno un quarto al Terminal 3, la scaletta per la puntata l'ho buttata giù, il supermercato domani è aperto fino all'una, devo comprare il caffè, sta per finire, e una busta d'insalata, a questo pensa, ma non lo fa apposta, magari lo facesse apposta, con tutta se stessa vorrebbe sentire qualcosa – un saltello nel petto una scossa elettrica sul ginocchio una pallina sotto le costole, all'altezza della pancia –, invece di pensare: lo scottex, le pastiglie per la lavastoviglie, mentre forse lui continua ad accarezzarle il ginocchio e le domanda: "Hai impegni per dopo cena? A mezzanotte all'Auditorium danno* Lo studente di Praga *con l'orche-*

stra sinfonica di Bamberga che suona dal vivo... Io avverto spesso l'aspirazione a stabilire un contatto con la bellezza che si pone come assioma. Tu no?".

Chissà Lorenzo che cosa starà facendo stasera, l'aceto balsamico e gli assorbenti: "No".

"Come 'no'?"

"Oddio, scusami Roberto... è che domani devo svegliarmi presto. Possiamo andare un'altra volta, semmai."

"Ma è una proiezione speciale. Unica. O vieni con me adesso, o non credo che avrai modo di assistere mai più a qualcosa del genere."

"Pietro, scusa, ma guardaci da fuori, dai: che cosa avrebbe da offrire il preside cinquantenne, separato, ossessionato dalla causa per l'affidamento della figlia di dieci anni a cui ogni giorno è giustamente impegnato a garantire armonia e attenzioni, alla sua collega d'inglese, ventottenne, e per di più fidanzata?"

"Ho quarantaquattro anni. E la causa per l'affidamento di Marianna sarà presto risolta."

"Non cambiare discorso."

"Kate, ti sfugge la tracotanza dell'attrazione fisica che c'è tra di noi?"

"E a te sfugge che non hai nessunissima intenzione di impegnarti in una storia?"

"Dunque ti sfugge la tracotanza dell'attrazione fisica che c'è tra di noi."

"Non ho detto questo: ti ho fatto una domanda. Che cosa hai da offrirmi, Pietro?"

"Una notte di grazia che ricorderemo. La gita scolastica ad Amsterdam del 2014: ogni volta che qualcuno la nominerà, noi due sorrideremo. In quel momento, la vita ci parrà più lieve. Ti sembra poco?"

"Vediamo... Fossi anch'io, con tutto il rispetto, una persona che passa da un giorno all'altro sperando casualmente in una di-

strazione, forse mi sembrerebbe tantissimo. Ma adesso... Adesso:
posso essere onesta?"

"Certo."

"Adesso una notte con te mi sembrerebbe solo una sfida, e
piuttosto inutile, alla mia felicità con Tommaso."

"Tommaso?"

"Il mio compagno."

"Perché?"

"Perché cosa?"

"Veramente?"

"Veramente che?"

"Veramente siete felici?"

"Certo."

"Ma pensa."

Marianna è appena uscita per andare a scuola, la troupe, in salotto, ha spento le telecamere, smontato le luci, riavvolto i cavi: casa Lucernari non è più un set televisivo, è tornata a essere una casa.

"Ne uscirà fuori una puntata importante, è stata una settimana intensa", "Il merito è tuo, Lidia", "No, non è vero, il merito è vostro. So benissimo che non avevi nessuna intenzione di partecipare al programma, ma vedrai che il tuo avvocato ha ragione: la puntata darà una mano al processo e sarà di grande conforto per tutti i padri nella tua condizione", "La mia unica premura è che Marianna venga salvaguardata, lo sai", "Non ti preoccupare, Pietro: al montaggio ci penso io, Marianna sarà protetta".

Queste cose se le sono già dette, quando lui le offre un ultimo caffè, prima che lei raccolga il suo beauty case dal bagno, il pigiama dalla camera degli ospiti, quel poco che le serve per condurre *Tutte le famiglie felici*, se ne vada e si porti via, sul treno che fra poco da Milano partirà per Roma, l'ultimo pezzo di set, cioè se stessa.

Quelle cose se le sono già dette.

Quindi ora tocca a lei: è sempre così. Si accendono le telecamere ed è Lidia quella che intervista, si spengono ed è lei quella che si sfoga.

"...vedi, Pietro? Io sono costretta a farmi un esame di coscienza e a chiedermelo. Mi passi lo zucchero? Grazie. Ho il dovere di chiedermelo, soprattutto dopo la settimana passata qui con voi. Tu non hai fatto che ripetere che non t'interessa impegnarti in un'altra relazione, perché l'equilibrio con Marianna viene al primo posto e perché dall'incubo in cui si era trasformato il tuo matrimonio è evidentemente difficile svegliarsi. Ma io? Insomma: io non ho figli, giusto un mese fa, dopo dieci anni, ho finito l'analisi, il che dovrebbe prevedere che possa cominciare a considerarmi più padrona che vittima di me stessa, non mi sto scannando in tribunale con il mio ex marito, anzi, ci è voluto un po', ma oggi abbiamo raggiunto una nuova complicità... Però il nostro è stato un amore vero. Questo sì. Ed è una colpa, forse? È mai possibile che, se qualcosa di vero ti è già capitato – e ci mancherebbe altro che a trentasei anni non ti sia capitato niente di vero –, è mai possibile che se quello che ti è capitato ti ha formata ma ti ha anche deformata – e ci mancherebbe altro che un amore vero non ti formi e non ti deformi, non guarisca la bambina che sei stata ma alla fine non te la riconsegni saccheggiata, tradita di nuovo, di nuovo delusa, con tutte le sue ferite e forse anche qualcuna in più che non si era accorta di avere –, è mai possibile che, a quel punto, tu sia destinata a incontrare solo uomini che non potranno mai capire niente di te, e proprio per questo ti trovano irresistibile, o uomini che ti capiscono e proprio per questo si allontanano, spaventati, e forse sotto sotto hanno ragione a fare così?"

"Devo limitarmi come al solito a un inciso sagace, o stavolta che non abbiamo i minuti contati da altri e le telecamere non stanno per accendersi su di noi, posso risponderti liberamente?"

"Rispondimi liberamente."

"Io credo di capirti, Lidia."

"Certo che mi capisci: è una settimana che ti avveleno le

colazioni con le mie perversioni emotive... A proposito, di cos'è che mi hai accusata, ieri mattina, in uno dei tuoi 'incisi sagaci'?"

"Non era un'accusa."

"Va bene, va bene: ma che espressione hai usato per descrivere il mio rapporto con gli altri?"

"Ho parlato di accanimento sentimentale."

"Ecco. Forse è vero. Forse, nei confronti della vita, io nutro un grottesco accanimento sentimentale. Tuttavia, anche tu avresti potuto accettare che la tua ex moglie si trascinasse Marianna in convento, ti saresti potuto accontentare di vederla nei finesettimana, e invece ti sei battuto, ti stai, appunto, *accanendo*, e questo ai miei occhi..."

"Ti capisco e non mi spaventi, Lidia."

"Che?"

"Ti capisco e non mi spaventi."

"Pietro, ma sei scemo? Perché mi guardi così?"

"Cambia treno."

"Cambiare treno?"

"Parti nel pomeriggio."

"Perché?"

"Andiamo di là e facciamo l'amore."

"Ma chi?"

"Tu e io."

"E quando?"

"Adesso."

Funziona così.

Che arriviamo a un punto.

Prima di quel punto, ne abbiamo la certezza assoluta: è già successo tutto.

O almeno tutto quello per cui poteva avere un'ombra di senso 'sta vita.

Sognavamo di fare un lavoro: non ci siamo riusciti.

Sognavamo di fare un lavoro e ci siamo riusciti: fa lo stesso.

Perché quello che conta è che l'avevamo incontrata.

Forse non l'avevamo riconosciuta subito: fa lo stesso.

Comunque l'avevamo incontrata.

L'Occasione.

Aveva due braccia, due gambe, un'infanzia, un lavoro che sognava di fare e che poi avrebbe fatto, un lavoro che non sognava di fare e già faceva, aveva dei denti, una risata strana, un problema di stitichezza, un gatto.

Avevamo cominciato a passeggiare insieme; il tempo, quel vecchio saggio, prima s'era incantato, poi, grazie a chissà quale magica pasticca blu, si era messo a correre velocissimo e all'improvviso ogni notte l'Occasione si addormentava con noi.

Pensavamo fosse giusto.

Non ci pensavamo, era solo naturale.

Suonava la sveglia, sentivamo l'Occasione già armeggiare

in cucina con la moka, ci alzavamo, andavamo in bagno, lasciavamo la porta aperta, io vado, a dopo, ci vediamo stasera a casa, ricordati il bollo per l'auto, e tu di andare a prendere i bambini a scuola ché oggi io ho l'oculista e tu di prenotare quel tavolo per due alle Tavernelle e tu che ti amo.

Ricordatelo.

Ma poi uno dei due se l'è scordato. Di amare l'altro o di ricordarsi che l'altro lo amava: fa lo stesso.

Quello che segue è comunque uno strazio.

L'Occasione smette di essere un'occasione, la persona smette di essere una persona e noi smettiamo di essere noi.

Perché adesso fra il noi che eravamo e questo nuovo noi c'è quel punto.

E prima di quel punto è già successo tutto.

Dopo, niente può ancora *davvero* succedere.

Magari lì per lì ci proviamo pure a darci da fare, eh.

Ma più per sentire qualcuno che armeggia con la moka in cucina mentre noi siamo in bagno che per altro.

Leggiamo libri per superare l'abbandono, andiamo in analisi, ci iscriviamo a una chat.

Ci diciamo che scopare bene non è tutto nella vita, e potremmo essere sereni con quella tipa scialba ma così mite che abita in campagna dove sarebbe piacevole riposarsi nel weekend, ci diciamo che scopare bene è tutto nella vita, e potremmo essere felici con quel tipo che ci tocca come non sappiamo fare nemmeno da sole, anche se quando accenniamo al rapporto complicato che abbiamo con nostro padre lui alza il volume della televisione.

Ci diciamo ma dai, ci diciamo ma sì.

Tanto sotto sotto lo sappiamo.

Sotto sotto lo sai.

Che è già successo tutto.

Infatti la vita ti dà ragione.

E non succede niente.

Poi ancora niente.

Niente. Ancora.

Tutto ruota attorno a se stesso: identico.

Gira, gira e gira.

Lento anche quando va veloce.

Bollette, canzoni, è finito il dentifricio, è il compleanno di tuo fratello, che c'è stasera in televisione?, questa macchia non se ne va, e poi?, e poi ci sono i ricordi, mentre è aprile, maggio giugno, la palestra, l'orizzonte, le vacanze, oddio le vacanze!, i biglietti per il cinema, quanti biglietti?, non lo so, c'è il funerale della madre del tuo capo, un battesimo, novembre dicembre, capodanno!, gli auguri, i ricordi: ci sono i ricordi maledizione, ma anche le promesse (su tutte ce n'è stata una, su tutte c'è stata quella), il telegiornale delle otto, gli appuntamenti, le illusioni ottiche, le vacanze, oddio le vacanze!, voi che fate?, ci dobbiamo ancora pensare, ma appena decidete fatemi sapere, così magari mi unisco: ok?, c'è un'amica di una tua cara amica che potresti conoscere, proviamo, un amico di un tuo amico che ti ha visto in foto e ti trova bellissima, grazie ma non sono in vena, ci sono le promesse e su tutte c'è stata quella: per sempre, io l'avevo detto, avevo detto per sempre, lui aveva detto per sempre, i ricordi, i ricordi, i ricordi, e i corpi degli altri: ci sono i corpi degli altri (che sfilano vicino al tuo, si siedono vicino al tuo, si sdraiano sopra al tuo, ti accarezzano, ti lasciano in pegno un odore che vuoi subito lavare via, un'impronta sul letto che il giorno dopo le lenzuola hanno già dimenticato), volevo solo dirti grazie per la serata, scusa se non ti ho più richiamato, volevo solo dirti grazie e scusa: sei eccezionale ma il problema sono io, domenica lunedì, sette otto nove, di nuovo le vacanze, oddio, voi che fate?, fatemi sapere!, ok?, mi fate sapere?, agosto, settembre, che caldo, che freddo, attenzione!, attenzione ai cuori: perché ci sono pure i cuori (i cuori degli altri che conosciamo, i cuori degli altri che non conosciamo), la dieta, le partite, i cuori che non conosciamo degli altri che potremmo conoscere, ma chi cazzo se ne frega dei cuori se non sono il nostro, preso a morsi deriso, polpetta mollusco invertebrato muscolo involontario rosso buffone, c'è il silenzio, ci sono le conversazioni brillanti, è di nuovo mercoledì sera, è già arrivata un'altra bolletta, un'altra primavera.

Mentre il disincanto tiene a bada l'insoddisfazione che tiene a bada il disincanto che tiene a bada il desiderio.

E il randagismo da un fallimento diventa la conquista.

Vivere soli la Reale Occasione.

Morire soli una casualità.

Tanto è già successo tutto, no?

È già successo.

Tutto.

Se non fosse che, intanto, qualcuno si diverte. È sempre lui, quel vecchio demente. Il tempo. Che fa l'unica cosa che sa fare: passa.

Così, un giorno, mentre pensavamo che fosse giusto, mentre non ci pensavamo, era solo naturale che non succedesse più niente, così, un giorno: ecco.

Un giorno sì.

Fra sette miliardi di persone che in ogni istante s'incontrano, si parlano, si baciano, si accarezzano un ginocchio, si mandano una mail, prendono un aperitivo, mentre una ne insegue un'altra e quella insegue se stessa: sì.

Tocca di nuovo a noi.

A me?

Proprio a te.

Perché a me?

Perché lo stavi aspettando.

No! Non è vero!

Da qualche parte evidentemente sì.

Se ti dico di no.

Fa lo stesso: tanto sta già succedendo.

Cosa? Cos'è che sta succedendo?
Che t'innamori.
Io?
Tu.
No no.
Sì sì.
Non sono pronto.
Nessuno lo è.
Non ci credo più.
Problemi tuoi.
Sarà un casino.
Sì.
Qualcuno si farà del male.
Probabilmente tutti.
O magari...
O magari no.
Comunque non ho tempo.
Lo troverai.
Non ne ho bisogno.
Invece sì.
Non ne ho voglia.
Ma se ogni notte ti addormentavi pregando il dio che non hai perché succedesse!
Vabbe', ma era una specie di gioco fra me e me, era una bugia.
In verità?
In verità ho paura.
Tanto ormai è successo.
E quando?
Adesso.

"Ti capisco e non mi spaventi, Lidia."
"Che?"
"Ti capisco e non mi spaventi."

"Mi scusi: cercavo la Lonely Planet degli Stati Uniti..."
"Ha guardato nel settore Viaggi?"
"Sì, ma non l'ho trovata."
"Aspetti un attimo, controllo al computer."
"Grazie."
"In effetti l'abbiamo terminata: ma gliela ordino e appena arriva la chiamo. Potrebbe essere qui già nel pomeriggio."
"...è che abito a Milano, sono a Roma per un corso di oligo-terapia... comincia fra poco e finisce alle otto, poi alle nove ho il treno. Potrei passare per le otto e un quarto."
"Anche noi chiudiamo alle otto, ma se è questione di un quarto d'ora la aspetto. Mi lascia il suo numero?"
"Eccolo. E io sono Valentina. Valentina Cervoni. Grazie, è davvero gentile."
"Si figuri. Va in America?"
"È sempre stato il mio sogno e una mia collega di corso, ieri, mi ha raccontato di avere fatto il Coast to Coast, da New York a Los Angeles..."
"Che meraviglia."

Naturalmente non mi muovo senza Max, il mio fidanzato: sta per aggiungere quello che racconta alle clienti dell'erbori-steria, al fratello, ai genitori, alle amiche, a tutti. E quando ce lo presenti? Un po' di pazienza, è ancora presto e lui è molto,

molto timido. Ma chissà perché, a questo libraio con gli occhi neri e tristi, da gorilla ferito, si trova a dire la verità.

"Andrei da sola, con Avventure nel Mondo. Ho proprio bisogno di fare cose nuove: ha presente quel libro che, per sviluppare la propria autostima, consiglia di..."

"Sì, sì. Ce l'ho presente."

"Ecco, un viaggio organizzato mi pare una buona idea."

"Certo che è una buona idea..."

Negli occhi da gorilla ferito all'improvviso spunta una luce, dolce. O forse tremenda, Valentina non sa dirlo. Comunque qualcosa succede. E dentro di lei, sotto le costole, all'altezza della pancia, sente galleggiare una pallina.

"...Sa, anche io e mia moglie abbiamo immaginato tante volte di attraversare gli Stati Uniti."

"Ah."

"..."

"Adesso devo correre, ma dopo se vuole potrei girarvi la mail con il programma di Avventure nel Mondo."

"Lasci stare, dicevo per dire. A più tardi allora, Valentina."

"A più tardi..."

"Luca. Mi chiamo Luca."

"A più tardi, Luca."

"Pietro, ma sei scemo? Perché mi guardi così?"
"Cambia treno."
"Cambiare treno?"

Lidia ha sbaraccato dall'autostima da un bel po'.

Anzi, a dirla tutta, i suoi tentativi di ostentare quello che la gente comunemente chiama orgoglio o amor proprio non sono mai risultati troppo credibili a nessuno. Tanto meno a lui.

"Avevo solo ventitré anni: tu mi hai messo le mani dentro e mi hai sabotata, Lorenzo."

"Perché, una sciroccata come te, nel frattempo, che cosa avrebbe fatto di tanto più interessante?"

"Per esempio un figlio. O magari due. Oggi vivrei in una casa con i soffitti alti, le pareti dipinte di rosso ciliegia e un marito che stanotte, mentre i bambini dormono, sistemerebbe con me i regali sotto l'albero di Natale e poi si accorgerebbe che ho un vestito nuovo, che l'ho messo per lui, cioè per farmelo togliere da lui, e finiremmo a fare l'amore davanti al caminetto, perché sarebbero pure passati tredici anni, ma mi considera ancora l'essere più arrapante del mondo."

"Tu?"

"Io."

"Che sistemi i regali sotto l'albero?"

"Eh."

"E le pareti chi le avrebbe dipinte?"

"Lui. Insomma... insieme."

La guarda, scuote la testa e sorride. Ormai ha superato i

cinquanta, ma si ostina a indossare gli stessi jeans, le stesse felpe di due taglie più grandi, le stesse Converse. E a sfoderare lo stesso sorriso. Innocente e maleducato.

"Allora dieci anni di analisi non ti sono serviti a niente: cioè, secondo te, per questa pagliacciata attorno a un caminetto, tu davvero avresti rinunciato a tutti i vantaggi secondari di cui oggi godi grazie a me?"

"Come i chili che ho perso e mai ripreso da quando un bel giorno, come neanche nelle barzellette succede, sei uscito da casa nostra per andare in biblioteca e non sei più tornato?" La voce di Lidia dovrebbe rompersi, mentre ricorda quella mattina. Ma ormai le viene quasi da ridere e si domanda se sia una vittoria o una sconfitta. Rispetto a chi o a che cosa, poi.

"E come il mento che mi sono spaccata scivolando dalle scale quando dopo nemmeno un mese che stavamo insieme ti ho trovato a letto con quella finta bionda?"

"Era una bionda naturale."

"Ah, scusa, allora cambia tutto. Altri vantaggi secondari per cui scioccamente non riesco a gioire: vediamo. Ritrovarmi a quasi quarant'anni come una studentessa fuori sede che ogni sera si deve inventare con i suoi amici un modo per non sentirsi straniera e persa in una città che però è la sua, vedermi sostituita da una serie di lettrici che si sentono molto-molto-intelligenti perché vanno a letto con il loro scrittore preferito, che fra l'altro è di nicchia e dunque non poteva certo continuare a stare con una volgare conduttrice televisiva... Ma quello per cui più ti dovrei ringraziare, in effetti, è essermi sottoposta a tutte le umiliazioni che sappiamo per puntare a una reale intimità con te e poi invece scoprire che, se tu t'innamori di una donna, quella donna: sorpresa!, quella donna all'improvviso diventa l'unica che te lo fa ammosciare."

"Eddai, Lidia... Non ti è bastato? Abbiamo sicuramente

fatto l'amore più volte di tutte le coppie che conosciamo messe insieme e tu con i tuoi occhi da manga rimarrai sempre il mio piccolo idolo hindu."

"Dunque intoccabile."

"Non è forse una maniera per elevarti rispetto a tutte le altre, per trasformarti da una femmina come tante alla mia stella polare?"

"Non ho intenzione di affrontare questo discorso."

"Perché lo sai che ho ragione io, Lilo."

"Perché è Natale e non mi va di litigare, Stitch."

Si sono lasciati da più di tre anni, ma nemmeno davanti al giudice, firmando la separazione, hanno smesso di chiamarsi così, come i protagonisti di quel cartone animato di Walt Disney: Lilo, la bambina delle Hawaii senza famiglia, e Stitch, il mostriciattolo azzurro programmato per distruggere. Con cui Lilo, però, fa famiglia. La differenza è che, nel film, Lilo alla fine supera il terrore di venire abbandonata e Stitch supera il suo istinto a rovinare tutto. Mentre Lidia e Lorenzo non ce l'hanno fatta.

"È meglio che me li elenchi tu, i vantaggi secondari di cui oggi godo grazie a te. Dai. Fammi ridere."

Sono avvolti nello stesso piumone e seduti per terra, nel patio della casa a San Liberato, in campagna, dove è tornato a stare Lorenzo da quando si sono lasciati. In un primo momento, Lidia non voleva rimetterci piede, troppi ricordi, ma lentamente ha cominciato ad andare a trovarlo. A Natale, a Pasqua. Di domenica o perché capita. Se due come loro hanno realmente corso il rischio di essere felici, l'hanno corso soprattutto lì. È lì che viveva Lorenzo prima di conoscere Lidia; è lì che avevano cominciato, senza accorgersene, ad abitare insieme; è lì che un giorno, quando ormai si erano trasferiti a Roma da anni, erano tornati una mattina per sposarsi. E non perché fossero ormai certi di restare insieme per tutta la vita. Anzi. Proprio perché cominciavano a temere di perdersi.

44

Lorenzo finisce di rollare una canna, lecca la cartina, dà un tiro. Sta per cominciare lo show, pensa Lidia.

Comincia lo show: "Miss Vantaggi Secondari mi chiede di elencarglieli. Perfetto. Partiamo da quella scemenza che conducevi alla radio: *Sentimentalisti Anonimi*. Di chi era il merito del tuo successo?".

"Degli ascoltatori?"

"Certo. Ma l'empatia con loro te la garantiva il tuo amore infelice per me. Poi: vogliamo parlare degli amici con cui ti lagni di vivere come una studentessa fuori sede? Quanto soffrite! Com'è che vi siete soprannominati? Quelli dell'Arca Senza Noè: oh, poverini... Così stranieri e persi. Bugiardi! In realtà vi divertite come pazzi e siete dei privilegiati, avete il lusso di parlare sempre e solo delle vostre cazzate anziché della rata del mutuo o delle allergie alimentari dei vostri figli. Se io fossi stato Mister Famiglia, così attento a te da accorgermi del tuo vestitino nuovo, come minimo mi avresti dovuto ricambiare con altrettanta devozione: e non avresti avuto un minuto da dedicare a loro."

"I miei amici e io proviamo solo a tenerci stretti per proteggere le nostre cicatrici."

"Fammi andare avanti, Miss. Perché il terzo vantaggio secondario è un argomento indiscutibile: ed è il tuo conto corrente. Quanto guadagni, ora che lavori in televisione?"

"Che cosa c'entra?"

"C'entra, c'entra. Ma l'hai vista, oggi, quella psicotica che abbiamo incrociato in paese? 'Lidia Frezzani: ma è proprio lei, uh!, è lei!, me lo fa un autografo? Da quando sono in pensione mi sento così inutile e *Tutte le famiglie felici* è l'unico programma che dà un senso almeno a una serata della mia settimana...' Ora dimmi se sono più le delusioni che ti ho dato o i loro vantaggi secondari."

"Sei squallido."

"E tu sei una furba mascherata da madonnina infilzata.

Se avessi le tue pareti rosso ciliegia e il tuo caminetto sempre acceso, come ti sarebbe mai venuto in mente il format milionario per cui vai a intrufolarti nelle stanze degli altri?"

"È un programma politico, il mio."

"Che cos'avrebbe di politico presentarsi a casa della gente con il beauty case in una mano e il pigiama nell'altra e farsi adottare per una settimana?"

È da quattro anni che in effetti Lidia fa così. La premessa del suo programma, che prende naturalmente il nome dal fatale incipit che sull'amore e sulla felicità ha detto tutto, è che la conduttrice, al contrario di quelle trasmissioni dove una tata o un personal trainer sono chiamati a educare i membri di una famiglia, non ha niente da insegnare. Ha invece tutto da imparare. Così Lidia mangia alla loro tavola, se la tavola c'è, dorme sotto al loro tetto se c'è il tetto, partecipa alle attività che fanno tutti insieme, dalla corsetta della domenica mattina sul lungomare di Riccione al sacrificio di uno zebù fra gli Orma del Kenya, e si apparta ogni tanto con il figlio, la madre, il padre, l'eventuale fidanzata della madre o quella del nonno per intervistarli. Che si trasferisca per una settimana da una famiglia contadina patriarcale del Sud Italia, in una yurta mongola o in una comunità di mormoni, la voce di Lidia, fuori campo, all'inizio di ogni puntata recita: "Ho quasi quarant'anni e so allacciarmi le scarpe, so fare i conti e so parlare inglese. Ho capito che cos'è l'evoluzione, come funziona un router e come si passa dal freno alla frizione. Ma come si fa a stare insieme, no. Non l'ho ancora capito. Anzi, semmai ho le idee sempre più confuse. È per questo che ogni settimana chiederò a una famiglia di adottarmi. Perché quella famiglia possa finalmente insegnarmi come si fa".

A stare insieme, sarebbe il sottinteso dell'ultima frase: ma in realtà Lidia intende a vivere.

Perché è quello – è quello – che non le è mai riuscito un granché: e mentre con il suo programma vorrebbe sinceramente dimostrare a un paese rimbambito, ancora spaventato dall'idea di un matrimonio fra omosessuali, che nel frattempo in Italia e nel mondo esistono le più incredibili realtà e che ognuna di loro, senza nemmeno pensarci, si considera una famiglia, spera anche lei di prendere ispirazione. Di imparare, appunto. Come si fa a stare insieme. Come si fa a vivere.

"Ti sei incazzata?"

"No, stavo pensando."

"Comunque la puntata di ieri non era male."

"L'hai vista?"

"Solo perché avevo il raffreddore e non mi andava di uscire. Però quel pennellone di Milano mi è piaciuto. Il padre della ragazzina, dico."

"Pietro Lucernari."

"Parla come un libretto di Verdi e porta quelle cravatte da nerd, ma è uno che sa il fatto suo."

"Che situazione incredibile, eh?"

"Solo una donna può essere tanto idiota da chiudersi in un convento e tanto stronza da volersi trascinare dietro la figlia."

"Sono sicura che Pietro vincerà la causa."

"Speriamo per lui, poveraccio. E anche per la figlia. Com'è che la chiama, lui?"

"Colibrì."

"Colibrì, giusto. Si capisce che se la passano bene, quei due."

"Quindi lo vedi che ha un valore politico, quello che faccio? Ti pare poco dimostrare che non può essere dato per scontato l'affidamento di un minore alla madre, dopo una separazione?"

"Va bene. Posso ammettere che, nello specifico, la puntata di ieri avesse un vago valore politico. Ma tu ammetti che, in generale, quel programma è un trucco per elemosinare l'amore che credi di non ricevere e che invece non sei disposta a dare?"

"Sei tanto caro, come al solito."

"Pensa che voleva essere un complimento: è esattamente per questo motivo che rimarrò sempre legato a te."

"Ci siamo lasciati, Stitch."

"Lo abbiamo fatto per preservare il nostro legame, Lilo. Infatti oggi è Natale e guarda come lo stiamo passando."

"Sono qui solo perché per il momento non ho una relazione stabile."

La possibilità che arrivi un altro uomo nella vita di Lidia è l'unico argomento tabù fra loro. Se Lidia ne parla è solo perché è certa che Lorenzo non le dia davvero retta.

"Ti sbagli. Siamo qui perché ho detto basta all'amore, ma non a te."

"E io non ho nessuna voce in capitolo?"

"Tu, anche in questo caso, se sei qui, avrai sicuramente i tuoi vantaggi secondari nascosti da qualche parte."

"Sei un manipolatore."

"E tu una starlet facilissima da manipolare."

Si guardano negli occhi e si sorridono come negli ultimi tempi, quando vivevano ancora insieme, non riuscivano più a fare. Efexor, accucciato nel patio accanto a loro, comincia a russare piano.

"Ammesso e non concesso che questo sia vero... Il motivo per cui tu mi sarai per sempre legato è che io 'non sono disposta a dare amore'?"

"Sì. Perché del tipo d'amore di cui stiamo parlando, dell'amore da grandi che fa dipingere le pareti di rosso ciliegia, tu non ne sai niente. Proprio come me."

"Non è vero."

"È vero. Il mio dire basta all'amore e a tutti i disastri che porta con sé è il perfetto alibi per il tuo handicap. Per la tua impossibilità di diventare adulta. Io rinuncerei mai a svegliarmi quando mi pare, rinuncerei a una serata di sesso occasionale o a dell'erba che ti stende per una giornata intera? No, sono sincero, neanche per te ci sono riuscito. Non ho combattuto abbastanza contro i retaggi della mia infanzia? Può essere. Chiamo scelta la mia disfatta? Probabile. Fatto sta che ho cinquantadue anni e anch'io vivo come uno studente. Ma uno studente che se la gode e che sta facendo il suo Erasmus qui, nel Paese del Niente. E tu, Lilo? Tu. Rinunceresti mai al tuo ansimare a vuoto, al tuo fare le cose prima di pensarle? Rinunceresti a girare per tribù indigene e a fare le veci di Noè sul tuo zatterone di amici, per sistemare dei regali sotto un albero di Natale? Quanta energia, quanta curiosità metti nelle cose che fai? Quanta tigna? Hai sempre preferito essere libera piuttosto che felice. Di' la verità." La fissa con quel sipario di polvere che gli cala sugli occhi grandi, uno marrone e uno verde, alla fine di ogni giornata, dopo l'ennesima canna.

"..."

"Allora? Sei o non sei come dico io?"

"Un tempo, forse. Adesso non lo so più come sono."

"Perché, adesso che cosa è successo?"

"..."

"Che cosa è successo, adesso?"

"Forse sto cambiando, Stitch."

"Quelle come te non cambiano, Lilo."

Non c'è nemmeno una stella in cielo. Eppure è una notte dolce. Efexor si sveglia, stiracchia le zampe, fa un giro su se stesso, entra in casa, salta sul divano e torna ad acciambellarsi.

"Entriamo anche noi e vediamo se in frigo c'è qualcosa da mangiare?"

"Non saprò dipingere le pareti, ma la spesa l'ho fatta."

"Lorenzo, senti..."

"Tranquilla: ho preso uno sformato di zucchine e un branzino da fare al forno, i tuoi gusti li conosco."

"Non intendevo questo."

"Allora che cosa c'è, ancora?"

"Pietro Lucernari."

"Chi?"

"Il padre della ragazzina. Quello con l'ex moglie che si vuole fare suora."

"Be'?"

"Davvero ti è piaciuto?"

"Sì, certo... Perché?"

"Così. Andiamo a mangiare, dai."

"Parti nel pomeriggio."
"Perché?"
"Andiamo di là e facciamo l'amore."

"Buon Natale, papà."

"Buon Natale, Colibrì."

Hanno appena scartato i regali che ieri sera ognuno ha messo per l'altro sotto l'albero. È da tanto che Marianna non crede più a Babbo Natale, ma solo due anni fa l'ha confessato ai genitori. "Siete troppo vecchi ormai per credere che io ci creda: dovete crescere." Li aveva freddati, prima che cominciasse la cena della Vigilia. C'era ancora Betti con loro, ma era già altrove – chissà dove, chissà dove, pensa Pietro a volte, quando si sveglia all'improvviso nella notte e conta i giorni che mancano alla prossima udienza: nel Chissà Dove dove se ne vanno le persone quando non ci amano più, era Betti. Forse però, in quell'ultimo Natale insieme, era ancora lei. Era ancora Betti. Semplicemente non era più Betti innamorata. Capita. Lui avrebbe potuto accorgersene e prendere in mano la situazione, chiederle cosa c'è che non va?, parliamone. Non saremo mai stati dei chiacchieroni, noi due, ma se ora c'è qualcosa che non va, provaci. Confidati con me. Con una mamma delle compagne di classe di Marianna. Con la baby-sitter di Marianna, tanto estroversa e sensibile. Ma non con un gruppo di preghiera, non con *quel* gruppo di preghiera! Con don Emanuele: chi diavolo è don Emanuele? "Una persona che prima mi ha riavvicinata a Dio e poi alla vera me stessa, Pietro. Una donna che non conoscevo e che tu non hai nessuno strumento per interpretare: io ti perdono, sei un uomo egoista ma di fondo gentile. Non è colpa tua." "Betti, stai farneticando. Mi mancheranno tanti strumenti, ma sono sempre stato disposto a sforzarmi per comprendere quello che non so." "Con il mio corpo e con il mio cuore non ti sei dato tanto da fare. Figurati se adesso ci riusciresti con la mia anima." Quando veniva fuori quella storia, lui si sentiva subito messo inevitabilmente in scacco matto: no, non quella del cuore. Perché sulla conoscenza dei cuori – muscoli involontari, rossi buffoni – si può sindacare e perfino Pietro e Betti ogni tanto si erano sforzati. Ma sulla conoscenza dei corpi che razza di dibattito si può intavolare?

"Non ti è piaciuto, Betti?" "Non lo so." Si era messa a piangere.

Così era andata la loro prima volta.

"È troppo forte per te?" "Non lo so." E giù a piangere.

"Ti faccio male?" "Un po'."

Eppure a lui quella ragazza così esile che pareva una foglia, quel mix di vulnerabilità e distacco, veniva da proteggerla. Gli veniva da tenerla accanto a sé. Gli era successo subito, quando, dopo otto giorni confusi a cui evitava accuratamente di ripensare, una mattina l'aveva incontrata in fila per iscriversi all'esame di abilitazione all'insegnamento alle superiori. Lui l'aveva passato, lei no e non ci aveva più riprovato.

"Un'altra delusione non la sopporterei." Betti aveva un pessimo rapporto con le delusioni. O meglio. Aveva un pessimo rapporto con i tentativi. Aveva perso i genitori in un terribile incidente di montagna: pioveva forte, loro avevano insistito per raggiungere un rifugio, ma il sentiero gli era franato sotto i piedi. E Betti li aveva visti scivolare giù. Aveva sette anni. La madre di Pietro si era ammalata quando Pietro ne aveva quindici ed era morta in pochi mesi. Il padre aveva provato a resistere, si era comprato delle giacche nuove, colorate, si era iscritto a un corso di giardinaggio. Ma dopo nemmeno un anno, una notte, senza salutare, era sceso in garage, aveva acceso il motore della macchina ed era rimasto lì, fermo: ad aspettare. *Ti amo*, aveva lasciato scritto al figlio. Anche a Pietro, insomma, con i tentativi non piaceva tanto avere a che fare: preferiva le certezze, preferiva le soluzioni. Possibilmente rapide.

"Stai con me e vedrai che non ti deluderò."

Tanto che perfino un modo per andare d'accordo a letto con Betti l'aveva trovato: la carezzava, piano, a volte per un tempo interminabile. Allora in lei qualcosa tremava, gli si metteva sopra, lui la prendeva per i fianchi inesistenti, la faceva andare su e giù, su e giù, su e giù, finché non veniva. "E tu?" "Non ti preoccupare per me, Pietro. Davvero, è andato tutto bene, sono stata comunque felice."

Una volta alla settimana, sempre allo stesso modo o con impercettibili varianti – mentre lui la faceva dondolare poteva capitare che lei gli leccasse un orecchio, che gli si aggrappasse a una spalla, gli baciasse la fronte.

Poi, da quando era nata Marianna, riuscivano a farlo sì e no una volta al mese.

Ma prima che Betti entrasse nel gruppo di preghiera, Pietro non l'aveva mai tradita. Dopo erano arrivate un'erborista con le tette esagerate, una tipa conosciuta in chat, un'altra, un'altra ancora. Nei tanti anni passati con lei però, no: nonostante da ragazzo non si fosse certo fatto scrupoli in quel senso, non gli sarebbe proprio venuto in mente di tradire Betti.

Semmai, ogni tanto, si masturbava guardando su Internet le foto di una sua ex studentessa che era diventata modella per una marca sconosciuta di biancheria intima. O di Rachel Weisz, la sua attrice preferita. La maggior parte delle volte, però, chiudeva gli occhi e immaginava quello che avrebbe sempre voluto fare con Betti e che non aveva fatto mai. Girava e rigirava fra le sue mani grandi quella donna minuscola, la faceva sdraiare sulla cattedra dove ogni mattina insegnava, la faceva inginocchiare davanti a sé ai piedi del letto mentre le passava le dita fra i capelli biondi, cortissimi, e poi glieli tirava.

Tutto qui.

Prima che la moglie prendesse a frequentare quella parrocchia una sera alla settimana, e poi due sere, e poi tre, e poi sei, non si era mai azzardato a invitare un'altra nemmeno a bere un caffè.

Ma il perché oggi mica lo saprebbe dire.

Forse sempre per via di quella vecchia storia?, gli aveva suggerito, senza farlo apposta, una psicologa junghiana che aveva appunto incrociato in chat, quando ormai tutto era andato a rotoli e Betti in convento. "Lasciarsi è sempre traumatico, ma spesso è l'unica mossa giusta, anche per i figli e per la loro serenità," aveva sentenziato la psicologa, quando si erano incontrati di persona per un aperitivo. "Il problema dei figli è quasi sempre un grande alibi, diciamocelo. Per chi è paralizzato dall'idea dell'abbandono, un matrimonio infelice rappresenta una garanzia. Insomma, l'infelicità comunque non riserva nessuna sorpresa: no?" Lui non aveva ribattuto, ma all'improvviso aveva notato che una calza di quella donna era smagliata e che nella sua bocca c'erano troppi denti. Lei avrebbe voluto mostrargli una foto, una foto speciale a quanto pareva, ma a lui era presa una gran fretta di pagare il conto e tornarsene da Marianna, a casa.

Betti, Betti! Avresti dovuto parlarne con me, se non eri più innamorata. Nemmeno io lo ero, forse: forse addirittura non lo sono mai stato. Ma questo è un altro discorso. E comunque potevamo andare avanti così. Oppure no, ha ragione la psicologa con la calza smagliata. Almeno però potevamo risolvere la questione fra esseri umani, senza mettere in mezzo chi per sua stessa natura in mezzo agli esseri umani non può stare. "Come sarebbe a dire, Pietro, che Dio non può stare in mezzo a noi? Lui *vive* in mezzo a noi. Lui *è* il nostro mezzo", "Scusa, Betti".

Maledetta, Betti. Con me avresti dovuto parlarne.

"Che faccia da pesce hai, papà. A che pensi?"

"Al tuo regalo, Colibrì."

Pietro ha regalato a Marianna un nuovo paio di pattini, un cofanetto con i dvd dello Studio Ghibli e due biglietti per il musical di *Rapunzel* per l'ultimo dell'anno.

Su questo lui e Betti erano perfettamente allineati: è giusto che Marianna abbia degli stimoli perché i pensieri che un giorno farà, i sentimenti che proverà, siano suoi e solo suoi. Ma è anche giusto che non si senta esclusa dai compagni di classe, è giusto che ascolti la musica che ascoltano loro, che guardi le serie televisive che guardano. E come potrebbe ascoltare quella musica nel convento dove ti sei barricata, Betti? Va bene, non è un convento, scusa se banalizzo, è "la foresteria della parrocchia dove una comunità di donne si dà da fare in nome di Dio e in funzione del mondo". Ma Marianna come potrebbe guardare le sue serie televisive in quella foresteria? Che ne sarebbe dei pensieri che farà, dei sentimenti che proverà? Me lo spieghi, Betti, come farebbero a essere suoi e solo suoi?

Comunque.

Marianna gli ha regalato un frullatore.

"Come ti è venuto in mente?"

"L'hai detto tu alla presentatrice, mentre ti intervistava."

"Che cosa avrei detto?"

"Lei ti ha chiesto se, da quando mamma ha cambiato casa, avevi mai provato a fare il gioco delle cose nuove."

"Ah, sì. Quel gioco bizzarro... sembra sia divertente fare ogni giorno qualcosa che non si è mai fatto."

"Veramente la presentatrice non ha detto bizzarro e non

ha detto divertente. Ha detto 'salutare'. 'Dopo una separazione è salutare fare questo gioco.' Così, ha detto."

"Ma non eri in camera tua a fare i compiti, mentre facevo quell'intervista?"

"E tu non eri a casa a guardare la partita dell'Italia, la sera che sono andata in pizzeria con la presentatrice perché doveva intervistare me?"

"Certo che ero a guardare la partita."

"Strano. Abbiamo visto la tua macchina parcheggiata davanti alla pizzeria quando siamo entrate e anche quando siamo uscite."

"Quindi nascondermi nei sedili posteriori non è servito a niente?"

"Mi sa di no."

Marianna lo guarda seria, ma gli occhi le ridono. Ce li ha grigi e chiari, come quelli di Betti. E ha la testa che pare una siepe, tanti sono i ricci, proprio come Pietro.

"Eddai papà, prova a fare 'sto frullato adesso."

"Ma non ho ancora capito cosa c'entra con il gioco delle cose nuove..."

"Quando la presentatrice ti ha detto 'ci saranno delle cose che non hai mai fatto', tu hai detto 'ce ne sono tante', lei ti ha chiesto 'per esempio?', e tu 'per esempio non mi sono mai lanciato con il paracadute, non ho mai mangiato il cavolfiore, non ho mai superato il limite di velocità in autostrada e non ho mai usato un frullatore'."

"E allora?"

"Allora la presentatrice è venuta con la troupe a fare le riprese della mia lezione di pattinaggio, io le ho detto che non sapevo che cosa regalarti per Natale e lei mi ha detto 'perché non gli regali un frullatore?'. E mi ha accompagnata a un negozio per sceglierlo."

"Lidia?"

"La presentatrice."

"Si chiama Lidia."

"Tanto si è capito che è di lei che stiamo parlando, no?"

"Ti piace?"

"Ha dei capelli molto belli."

"E poi?"

"Si veste strana, con quei gilet da maschio, le gonnelline da Winx... Da quanto sono corte, una volta che era seduta sul divano ha messo una gamba sull'altra e le ho visto le mutande."

"Però è simpatica, no?"

"Sì. Boh. Facciamo il frullato? Se viene buono possiamo riempire una bottiglia e oggi pomeriggio quando andiamo a trovare mamma gliela portiamo. Che dici?"

"È una buona idea, Colibrì. Forza. In cucina dovrebbero esserci delle banane."

"Andiamo di là e facciamo l'amore."
"Ma chi?"
"Tu e io."

"*Italiana?*"

"*No. Cioè, vivo in Italia da quindici anni, insegno inglese in un liceo. Ma sono nata qui, a Santa Cruz. Tu sei italiano?*"

"*Français. Di Metz.*"

"*Però parli italiano.*"

"*Ho avuto un amore italiano. Une petite, folle romance. Je suis André.*"

"*Io sono Kate. E anche io ho un amore italiano.*"

"*Liaisons dangereuses, con le gente italiane...*"

"*Veramente, la mia relazione con Tommaso è tutto tranne che pericolosa. Tommaso è la mia certezza.*"

"*Una noia, dunque... No?*"

"*Assolutamente no! Ma che dici? Tommaso è un vulcano di idee, di spunti. Stamattina, per esempio, si è messo in testa di imparare il surf. Guardalo.*" Kate indica un puntino, nel mare.

Era seduta sulla spiaggia per seguire la prima lezione del marito, quando le si è avvicinato questo francese spocchioso, così sicuro dei suoi occhi trasparenti, delle sue braccia forti, della sua avvenenza.

"*Et toi? Non vuoi un maestro di surf, tu? Me voici.*"

"*No, grazie. Per adesso non mi serve. E comunque, nel caso mi servisse, c'è mia sorella Rosemary: lei è rimasta a Santa Cruz, lavora nel ristorante dei miei genitori ed è una surfista strepitosa. Eccola che arriva. Rosemary! Rosemary, here I am!"*

*Si sbraccia, per attirare l'attenzione della sorella. E per liberarsi al più presto di questo scocciatore.*

"E quando?"
"Adesso."

È che si fa presto a dirlo: adesso.

Adesso sento di nuovo una pallina muoversi, sotto le costole, all'altezza della pancia.

Sicura?

Adesso la invito a cena.

Dai.

Adesso gli chiedo di fermarsi a dormire da me.

Come no.

Ma adesso non si pensa.

Adesso arriva, adesso fa tutto da solo.

Infatti lo invochiamo.

Infatti fa paura.

Come un animale che abbiamo visto solo in foto, come un'eclissi, una notizia.

Come qualcosa che nessuno ci ha lanciato contro eppure ci arriva addosso.

Fa da solo.

E non c'entrano solo i corpi.

C'entrano anche i corpi.

Non c'entrano solo gli occhi.

Però sono talmente importanti che potrebbero stare chiusi.

Non c'entrano solo le ferite.

C'entra comunque il filo che abbiamo usato per ricucirle.

C'entrano perfino i nei.

E c'entrano i cuori, ma certo – molluschi invertebrati –, certo che c'entrano i cuori.

C'entrano le madri, c'entrano i padri. Le persone che abbiamo visto nude, gli amici che abbiamo conquistato e gli amici che abbiamo perso.

Come se non bastasse, perché adesso sia adesso, tutto quello di cui ha bisogno deve però togliersi di mezzo. Fare spazio.

Giusto il tempo di un soffio, di un sì, il tempo perché il tempo, quel bambino sfacciato che è il tempo, si faccia tulipano, si faccia minerale, si faccia altro.

E permetta a un momento di diventare un periodo: ma un periodo a forma di momento.

Sul Pianeta Noi si deve creare quest'equilibrio matto fra l'attenzione massima e il chissenefrega.

Ma il miracolo è che quest'equilibrio matto si deve creare anche su un altro Pianeta.

Come se non bastasse, si deve creare naturalmente, per conto suo, sennò non vale.

Presenti a loro stessi e distratti: i corpi, gli occhi, le ferite ricucite, quelle ancora aperte, i nei.

I cuori, ma certo, soprattutto i cuori – rossi buffoni.

Le madri: giratevi di spalle!

Ma vi pare che non avevate un cassetto segreto o l'imbottitura di un cuscino dove nasconderla, tutta quella rassegnazione? Che cosa diventerà, un giorno e per sempre, per le vostre figlie, il piacere?

Diventerà qualcosa di cui si può fare a meno.

I padri. Ma vi pare che prima di chiudervi in una macchina, accendere il motore e restare fermi lì, ad aspettare, avete dovuto scrivere ai vostri figli "Vi amo"? Che cosa significherà, un giorno e per sempre, per i vostri figli, sentirsi dire ti amo?

64

Significherà sentirsi dire: me ne andrò.

Che disastro.

Su, padri, bendatevi gli occhi. E di spalle, mi raccomando.

Forse quest'adesso non porterà nulla di buono nelle esistenze a cui sta puntando, ma peggio di quanto avete fatto voi è difficile che possa fare.

Quindi almeno lasciategli libero il passaggio.

Solo così potrà arrivare dove deve. Aggirando le umiliazioni, perdendosi in una ferita per riemergere da un neo, solo così potrà fare breccia. Fra le pance delle persone che abbiamo visto nude, fra gli amici che abbiamo perso, che abbiamo conquistato, fra chi siamo convinti di essere, fra chi ci hanno convinti di essere – donne che hanno sempre preferito essere libere anziché felici, uomini egoisti ma di fondo gentili, eterne insoddisfatte, fissati con la fica –, fra una richiesta che evapora in un silenzio, fra gli anni, i rancori, la stanchezza, gli anni, la nostalgia, fra tutti quegli anni, la miseria, tutta quella stanchezza.

Solo così potrà fare breccia.

Così come adesso, un adesso che c'è riuscito, che è arrivato dove doveva, sta provando a insistere. A forzare le sbarre del momento. Si trasforma in un messaggio, parte da un Pianeta Cellulare come tanti – sono le quattro di notte –, balla sul fumo dell'ultima canna rollata in un Erasmus nel Paese del Niente – sono le quattro del mattino –, striscia sotto la prima Ave Maria recitata in un convento che non è esattamente un convento, s'infila in una frequenza televisiva, scivola lungo il desiderio, scivola lungo un mistero, scivola lungo un fiume di frullato alla banana e ce la fa, arriva a un altro Pianeta Cellulare come tanti: *Ciao, Pietro. Ogni tanto ti penso e la prossima settimana dovrò venire in giornata a Milano. Lidia.*

"Ti capisco e non mi spaventi."
"Pietro, ma sei scemo? Perché mi guardi così?"
"Cambia treno."
"Cambiare treno?"
"Parti nel pomeriggio."
"Perché?"
"Andiamo di là e facciamo l'amore."
"Ma chi?"
"Tu e io."
"E quando?"

Non è vero che, dopo quella mattina, Lidia lo pensava ogni tanto.

E non è vero nemmeno che lo pensava.

Era sempre con lei come una specie di pellicola che imballava tutto il resto. Una plastica sottile, trasparente, spalmata fra lei e ogni pensiero, fra lei e ogni gesto, ogni sigaretta, ogni decisione. Qualcosa che le avevano lasciato addosso le sue mani, quando l'avevano spogliata con quella rabbia così incompatibile con la remissività con cui Pietro si era sottoposto alle interviste, con cui parlava e si muoveva, con cui insomma, a parte l'udienza, pareva arrendersi alla vita? Forse. O forse era qualcosa che le aveva lasciato dentro quando avevano cominciato a fare l'amore. Niente preliminari, nessuna carezza. Però, una volta dentro di lei, si era trasformato. La rabbia era diventata ardore. La remissività tenerezza.

E che, mi basta così poco?, si domandava Lidia, al di qua della pellicola. Mi basta una bella scopata?

La fine del suo matrimonio le aveva insegnato a non dare più per scontato il sesso quand'è naturale, quando va da sé.

Però, di storie che l'avevano risarcita del rifiuto che Lorenzo da un certo punto in poi aveva opposto al suo corpo, ne aveva avute. Il francese incontrato a Santa Cruz, per esempio.

Quindi non poteva essere quello.

Non poteva essere *solo* quello.

Allora che cosa aveva di diverso Pietro dagli uomini che aveva incontrato dopo Lorenzo?

Le scarpe, certo. Quelle sì.

E le cravatte.

Anche prima di Lorenzo, andando a ritroso fino agli anni delle elementari, al primo ragazzino che le aveva mosso una pallina all'altezza della pancia, fra i maschi che nella vita l'avevano attratta c'era una vaga somiglianza. Erano tutti uomini mancati. Bambini marci o, nel caso del ragazzino delle elementari, un pasticcio di balbuzie e asme psicosomatiche e nnn...non p...pposso fidanzarmi c...con t...ttt...e Lilì...Lilidia, sono ggg...già fifi...fidanzato con la mam...m...mamma, destinati a marcire. Un collega di università, un inviato di guerra, un tatuatore, uno studioso di fondali marini: non importava che cosa facessero, il lavoro che avevano scelto era solo un girello per sgambettare nella nursery che per loro era l'esistenza. E immancabilmente ai piedi portavano sandali francescani, anfibi, stivali da texano, scarpe da ginnastica rotte. Se proprio dovevano indossare una giacca, sembravano quei figlioletti che per fare ridere i genitori ne rubano una dall'armadio del papà e fanno i pagliacci. Erano tutti a modo loro viziati, irresistibili, irresponsabili, erano, per farla breve, dei disadattati: proprio come lei. Abitanti di quell'Isola della Vita Immaginata che per Lidia era stata un rifugio, ma che poi – la dottoressa La Scala, la sua psicoterapeuta, glielo aveva ripetuto per anni – si era trasformata in una prigione. Perché, passando da un bambino marcio all'altro, Lidia fatalmente aveva incontrato lui, in persona. Dei bambini il più bambino, dei marci il più marcio. Quello con le scarpe più sfondate, con i calzini spaiati, la barba sempre tagliata male, le magliette stropicciate, gli occhi a qualsiasi ora sporchi di sonno. Il più esperto dell'Isola, il più capace di rivelarle cascate, nascondigli e segreti: su tutti, uno: "Sssh: guardalo! Il mondo che ti fa tanta paura in realtà non è che uno scherzo. Un cartone animato. Fidati, Lilo. Fidati del tuo Stitch".

Sono salva, aveva pensato Lidia. Con quelle sue scarpe da bambino per sempre, con i libri che scriveva per mettere fuori gioco la realtà, Lorenzo l'avrebbe portata lontanissima dalla Vita Quella Vera e dalle sue minacce.

Come infatti era successo, inizialmente.

Finché, anno dopo anno, Lorenzo aveva preso a non portarla più da nessuna parte. Anzi. Semmai affondava nel punto esatto della Vita Immaginata dove l'aveva incontrato. Lei lo implorava di muoversi e di andare avanti, di cercare insieme nuove cascate e nuovi nascondigli: e lui la implorava di affondare con lui.

Così, con il cuore spaccato – perché anche se è un mollusco, anche se è un rosso buffone, proprio perché è un rosso buffone, si spacca –, senza mai smettere di amare Lorenzo, Lidia si era imbarcata su quell'Arca Senza Noè bloccata da un'eterna tempesta nel mare che separa la Vita Immaginata dalla Vita Quella Vera.

Un'arca dove si era sorpresa di trovare altri animali della sua stessa razza: passeggeri in fuga da un sogno che li aveva traditi e alla ricerca di una promessa che non sapevano nemmeno loro quale fosse.

Persone che alla loro età avrebbero dovuto avere figli, persone senza figli, persone figli.

Persone ferite, confuse, convinte sotto sotto di non avere fatto le vaccinazioni giuste per resistere, una volta che l'Arca fosse attraccata definitivamente al porto della Vita Quella Vera.

Persone che, finito il matrimonio con Lorenzo, erano diventate l'unico punto di riferimento per Lidia.

C'era Tony, il regista del programma che lei aveva condotto alla radio: tre anni prima si era sposato con Billy, un australiano che rideva sempre, con cui aveva aperto un ristorante italiano in Brasile, a Morro di San Paolo. Dopo pochi mesi, però, Billy aveva annunciato a Tony di aspettare un bambino. "Forse da Ramona, del negozio di borse. O forse dalla sua gemella. I don't know. I only know that I'm finally happy." Così, Tony aveva salutato l'Isola di Morro e quella della Vita Immaginata e si era imbarcato sull'Arca: tornato a Roma, aveva affittato un appartamento, nello stesso palazzo di Elisa, e lo divideva con Greta. Animali in fuga e alla ricerca pure loro. E poi c'era Michele, che sviluppava videogiochi per PlayStation e lavorava fra Roma e Barcellona (dove abitava la sua prima moglie, con cui durante il matrimonio non aveva nessuna intesa sessuale, ma che nel frattempo si era risposata ed era diventata la sua amante più spregiudicata).

Quando non era in giro per il mondo con il suo programma o non andava a trovare Lorenzo in campagna, Lidia trascorreva tutto il suo tempo con loro.

"E se stare sempre insieme fosse sbagliato?" si domandavano, a turno. "Se ci desse la sensazione di avere già una famiglia, e dunque l'ennesima scusa per non provare davvero a costruircene una? Se la complicità che ci lega non fosse una salvezza, ma una sciagura, se fosse questa la tempesta che impedisce all'Arca di attraccare definitivamente alla Vita Quella Vera?"

Magari era così.

Magari, condividendo fatiche, in realtà autorizzavano timori.

Però come faremmo a sopportare questa traversata, altrimenti?, si diceva Lidia. Ci butteremmo in mare e torneremmo a nuoto verso la Vita Immaginata, se ognuno di noi fosse l'unico animale della sua razza.

Perché, oltre che vera, l'altra vita è spietata.

Tanto più se quel rosso buffone ti si è spaccato e ogni pezzettino fa come gli pare. Toc toc, toctoctoc, to-oc to-oc, toooooooooc: toc.

E a te, nel silenzio che sale assieme a certe notti, sembra di avere un rumore di mobili che si spostano al posto del battito del cuore.

Ti sembra di non essere in fuga, di non essere alla ricerca: di essere, semplicemente, alla deriva.

In mezzo al mare agitato dalla tempesta dei tuoi alibi e delle tue nostalgie che costeggia quella vita così vera, così spietata.

Dove un giorno però l'Arca fa scalo.

Tu scendi e, inaspettatamente, ti ritrovi a fare l'amore con un tizio.

Porta le cravatte.

E ha le scarpe diverse da tutti gli uomini con cui hai fatto l'amore in vita tua – mocassini? francesine? scarpe da ufficio? Non sai nemmeno come si chiamano, ma sono marroni, sono serie. Sono da uomo, insomma.

Ti fissi su questi dettagli, perché altrimenti come te la spieghi, la pellicola con cui poi ti tocca fare i conti?

Eppure, nel fondo del fondo di ognuno dei pezzettini del tuo muscolo rosso, buffone, rotto e involontario, sai che quella pellicola ha solo a che fare con il modo in cui quel tizio ti ha tenuta stretta dopo essere venuto.

Lidia lo sapeva.

Non capiva niente di quello che era successo, ma sapeva che dentro quell'abbraccio – un abbraccio sgomento, un abbraccio sicuro, stretto, un abbraccio dove era stato bello rimanere, dove sarebbe stato bello ritornare, fosse solo per realizzare che non era niente di che, essù, eddai: era giusto un abbraccio – c'era qualcosa che la riguardava.

Non c'entrava con la Vita Immaginata.

Ma forse un po' sì.

Non c'entrava con l'Arca.

Eppure.

Non c'entrava con la Vita Quella Vera.

Anche se.

Insomma, era un mistero.

O magari una verità: quindi, comunque un mistero.

Avrebbe voluto parlare con lui di tutto questo.

Ma ogni volta che prendeva il cellulare e scorreva la rubrica fino alla lettera P, finiva per bloccarsi.

"Non so cosa mi succede. Ieri mi sono forzata: l'ho chiamato, ma ho nascosto il mio numero. Lui ha risposto e io ho riattaccato," confessava agli altri animali dell'Arca e accendeva l'ennesima sigaretta.

Tony era sbalordito: "Com'è possibile? A te le parole non mancano mai, soprattutto se devi esprimere qualcosa che senti. Tu sei la Cnn di te stessa, Lidia!".

Invece, proprio lei che le parole le vomitava ancora prima che un pensiero o un'emozione le autorizzasse, proprio lei che della sua incontinenza aveva fatto un lavoro, in radio e ora in televisione, proprio lei – la Cnn di se stessa –, della voglia di parlare con Pietro non riusciva a fare niente.

"Va bene," aveva tagliato corto, stizzita. "Significa che in quell'uomo c'è qualcosa che non mi convince."

"D'altronde, è pur sempre uno che si è sposato una suora. Magari è stato solo un incidente, per carità, una variabile che non può permetterci nessuna equazione con quello che è successo fra lui e te. Ma se l'algebra non è un'opinione, la sua attrazione per una donna come la ex moglie potrebbe anche essere una costante. Un tratto distintivo e decisamente inquietante della personalità di questo Pietro," aveva fatto notare Elisa, in una delle infinite cene improvvisate a casa di Lidia. Dopo la lunga storia con un compagno delle medie con cui, finita l'università, non poteva che sposarsi o lasciarsi e si era lasciata, era stata presa da una forma di studio maniacale, animata solo dall'ossessione di accumulare lauree. Dopo quelle in Legge, in Lettere antiche, in Filosofia e in Biologia, ora era passata a Matematica. Abitava ancora con i genitori e nel weekend lavorava in un pub irlandese.

"Sua figlia per lui verrà sempre al primo posto, lo sai, vero? Dovrà rassicurarla, farle non solo da papà, anche da mamma, ricordandole che però lei una mamma ce l'ha e facendo attenzione a non trasmetterle i sentimenti controversi che prova per la ex moglie... Vuoi davvero andarti a ficcare in una situazione del genere? Vuoi diventare per quella ragazzina l'incubo che, proprio alla sua età, Malefica è stata per te?" aveva aggiunto Greta.

"Ma che c'entra? Mio padre aveva lasciato mia madre per Malefica. Pietro era già più che separato quando ha incontrato me."

"Sarà... Io voglio solo che tu non ti faccia male: hai sofferto abbastanza, no?" Greta parlava per Lidia, ma non solo: insegnava in un asilo nido e aveva un debole per i padri dei suoi alunni che entravano in crisi con le mogli perché, dopo la nascita dei figli, si sentivano esclusi. Greta li ascoltava, li confortava, a volte arrivava ad avere una relazione con loro. Che regolarmente, prima o poi, risolvevano la crisi familiare. Quelli con l'animo più gentile le erano sinceramente riconoscenti: "Greta, ci pensi?!, se non avessi conosciuto te, se non avessi riscoperto l'importanza di sentirmi interessante per qualcuno, oggi probabilmente sarei divorziato".

"Bisogna vedere, poi, che cosa succede a questo tizio quando vede la sua ex con la tonaca. Gli sembrerà un'altra donna e potrebbe di colpo eccitarlo... Guarda che cosa è capitato fra me e Carmen." Michele aveva il vizio di infilare la sua prima moglie in qualunque discorso.

"Sempre a proposito di ex, Lidia: Pietro potrebbe mai comprendere il tuo rapporto con Lorenzo? Devi cominciare a mettere in conto che sarebbe difficile per chiunque accettare il vostro legame. Figuriamoci per uno così rigido." Ancora Elisa.

Hanno ragione loro, rifletteva Lidia.

È uno che si è sposato una suora!

Uno così rigido.

Uno che magari si arrapa per una tonaca.

Per di più con quelle scarpe, con quelle cravatte: dio mio.

La faccia sarà pure strana, con gli occhi di quel verde inaccessibile, il naso grosso, da fumetto, e le labbra belle... ho sempre avuto un debole per le braccia lunghe, lo ammetto, e anche per i ricci e per le facce strane, ma...

Ma vogliamo parlare del suo assurdo, inutilmente ricercato modo di parlare? Da libretto di Verdi, ha detto bene Lorenzo.

Che cosa potrei mai avere in comune con lui? È un padre di famiglia! E come tutti i padri di famiglia egoista, conformista per forza di cose, appecorato al compromesso a prescindere.

Malefica: dice bene Greta, ho sempre chiamato così Helena, la tipa per cui il mio, di padre, aveva lasciato mia madre. E anche se poi mio padre è tornato a casa, anche se Pietro era già più che separato quando ha incontrato me, Helena rimarrà sempre Malefica per me e io potrei essere comunque Malefica per sua figlia Marianna.

Essù.

Eddai.

Non scherziamo.

No, sì.

Poi.

Poi la voglia tornava.

E c'era quella pellicola che imballava tutto. I problemi degli animali dell'Arca, la voce di Lorenzo, la trasmissione da scrivere, il caffè, l'agenda, il muso di Efexor.

Allora: "Tanto bisogna aspettare solo qualche giorno, no?"

aveva concluso Tony. "Sicuramente quando andrà in onda la puntata dedicata a lui e alla figlia ti chiamerà."

E Lidia aveva trovato una specie di pace.

Finché la puntata era andata in onda.

Era passato un giorno. Ne erano passati quattro. Era passata una settimana. Erano passate tre settimane.

Un mese.

Quella telefonata non era mai arrivata.


Pietro, nel frattempo, era impegnato a spostare i capelli di Lidia.

Doveva firmare una circolare? Neri, lunghi, lucidi e lisci, quelli cascavano sulla circolare come una tenda e oscuravano tutto. Allora lui chiudeva gli occhi, respirava a fondo, spostava i capelli e riusciva a firmare. Ma frrr. Quelli la mattina dopo piovevano nella tazza dove mescolava il latte e il cacao per Marianna. S'infilavano come serpenti nello specchio dove si radeva, nello schermo della televisione, sulle carte che l'avvocato gli mandava e che lui avrebbe dovuto studiare nel dettaglio, ma che faceva fatica anche solo a leggere perché c'erano quei capelli, quanti capelli, c'erano capelli da tutte le parti. Capelli di cui liberarsi, capelli che facevano ombra, capelli che non c'entravano niente con tutto quello che aveva da fare, da pensare, da sistemare, capelli inopportuni, capelli ridicoli, troppo lunghi per una donna di quasi quarant'anni, capelli da conduttrice televisiva, nido per pipistrelli, erbacce rampicanti, fiori velenosi, capelli stupendi che l'avevano accarezzato, consolato, portato via, stelle filanti che si era ritrovato in bocca mentre faceva l'amore con lei, che si era ritrovato sul petto e fra le braccia quando, alla fine, l'aveva stretta a sé. E gli era successa quella cosa strana.

Per spiegarla a se stesso, forse avrebbe dovuto raccontarla a qualcuno: ma a chi? Perso il padre, Pietro aveva perso anche il suo confidente, l'unico disposto a caricarsi la fatica che al figlio costava esprimere quello che gli passava davvero per la testa.

"Che cos'hai, Pietro?"

"Niente."

"O meglio?"

"Niente, papà."

"Andiamo a farci un hamburger?"

Oppure a tirare due calci al pallone o a dare uno sguardo al cantiere dove in quel momento lavorava. Suo padre, architetto nella vita ma anche della vita, perché capace di forzare il nulla fino a tirarne fuori costruzioni, lo portava con sé a fare qualcosa. Qualsiasi cosa. E a quel punto le parole uscivano da sole.

Macchie enormi diventavano puntini, a confidarsi con lui.

Riusciva sempre a trasformare un problema in un'opportunità: vai male in matematica? Non avrai dubbi quando dovrai scegliere l'indirizzo per le superiori. Quella certa ragazza si è messa con un altro? Pensa quanto tempo avresti perso cercando di capire se le piacevi o no. Il mondo non ha senso? Che palle se ne avesse.

La mamma ha un cancro? La mamma ha un cancro.

Su quel terreno suo padre non era riuscito a costruire niente.

Ancora prima che si uccidesse, Pietro aveva realizzato di non avere più nessuno a cui potere dire anche solo: oggi sono di pessimo umore. Poi c'era stata Celeste, certo... Ma la regola era non pensare mai più a Celeste: quindi no. Celeste non c'era stata.

E con Betti non ci aveva mai neanche provato, era lei quella fragile, era lei quella da proteggere.

Poi era nata Marianna e l'aveva travolto, mandando all'aria ogni bisogno e ogni desiderio che non fossero un suo bisogno, un suo desiderio.

E adesso? Adesso non bastava che Betti se ne fosse andata in convento, o come preferiva chiamare lei quel posto, non bastava la causa per l'affido di Marianna. Ci mancava solo una quarantenne in crisi adolescenziale con i capelli lunghi fino al culo.

Peraltro davvero bello.

Ci mancava solo ritrovarsi a fare pensieri del tipo che bel culo.

Che bei capelli.

Che occhi pieni di cose.

Che voce originale, da bambina che fuma.

Se l'aspettava che quella nevrotica presentatrice, una volta nuda, si potesse abbandonare tutta ai baci che dava e a quelli che pretendeva?

Sì.

Proprio per questo appena l'aveva vista entrare a casa sua, il primo pensiero era stato: vorrei strapparle via quella gonna – troppo corta, aveva ragione Marianna.

Il secondo era stato: meglio tenerla lontana, una così.

Il terzo non era stato un pensiero e l'aveva messo a fuoco solo dopo avere fatto l'amore con lei e averla tenuta stretta.

Ma sì, ma sì, buongiorno professore, buongiorno professoressa, mi dica avvocato, andiamo a prenderci un gelato, Colibrì?

Ma sì: io ho la mia vita, si ripeteva, facendosi largo nella foresta di capelli.

D'altronde, che cos'ha di diverso quest'egocentrica e verbosissima donna da tutte quelle con cui sono uscito da quando Betti s'è persa dietro al suo don Emanuele?

È affascinante, e va bene.

È piuttosto affascinante, con quegli occhi che corrono, scappano e che però ti frugano dentro senza avere bisogno di fissarti.

È molto affascinante, con quell'aria di chi in ogni momento potrebbe scoppiare a piangere o forse a ridere, comunque potrebbe scoppiare.

E quel ridicolo accanimento sentimentale con cui li aveva intervistati, con cui si confrontava con i cameraman, con cui l'aveva ascoltato, con cui gli aveva raccontato brandelli della sua confusa esistenza.

Quell'irresistibile, accanimento sentimentale.

Ma le persone affascinanti sono pericolose. Sono bugiarde, sono fragili, t'ammazzano, s'ammazzano, le persone affascinanti non esistono, sono riflessi che passano su uno specchio stregato che ti fa vedere quello che hai bisogno di vedere tu.

Però.

Però quando l'aveva tenuta stretta a sé gli era successa quella cosa strana.

Che poi si era trasformata in un ricordo incontaminato.

Questo sono proprio io: abbracciami. Gli era sembrato che gli dicesse il corpo di Lidia.

Questo sono proprio io: ti abbraccio. Gli era sembrato che rispondesse il suo corpo.

E i corpi mica sono dei rossi buffoni.

Se avessi ascoltato il corpo di Betti, tutto sarebbe stato chiaro fin da subito.

I corpi non sbagliano.

Attenzione, però.

Attenzione: un conto è illudersi che fra me e quella donna sia successo qualcosa di intenso, un altro è sapere che mi è successo qualcosa con una donna intensa.

Una donna che quindi proprio in questo momento magari starà accarezzando con i suoi capelli un altro uomo con la stessa intensità con cui ha accarezzato me.

Starà consegnando il suo corpo a un abbraccio con quella stessa spregiudicata verità.

Starà regalando a qualcun altro la possibilità di un ricordo incontaminato.

Se la chiamassi, mi risponderebbe al telefono con la voce sudata di chi sta facendo l'amore.

O con la voce educata di chi ricorda a malapena chi sono, impegnata com'è con tutti i suoi viaggi.

Tutti gli uomini.

Quel rapporto incomprensibile con l'ex marito.

Uno scrittore! Mica il preside di un liceo classico come tanti.

Un uomo anche lui come tanti che ogni mattina accetta di fare il suo dovere.

Un uomo abituato a rinunciare a sé: un padre.

Una persona seria, ecco.

Non un artistoide che può investire il suo niente da fare correndo dietro alle smanie di una conduttrice televisiva.

Era per questo che non l'aveva più cercata, nonostante ogni giorno scoprisse di avere qualcosa da dirle.

"Hai visto che sole, stamattina?"

"Stanotte ho sognato di arrivare a piedi da casa mia ad Angkor Wat, curioso no?"

"Betti sembra diventata più ragionevole, forse anche dopo avere visto la puntata del tuo programma, sai?"

"Peraltro pienamente rispettosa."

"La puntata, intendo."

"Che fai?"

"Oggi sono andato a ritirare la pagella di Marianna, ha preso tutti nove."

"Vorrei rivederti."

Non l'aveva più cercata perché lui la capiva, gliel'aveva detto. Ma le aveva detto anche che non lo spaventava: e questa era una bugia. Una bugia innocente, perché dopo una settimana in cui era stata lei a rassicurare lui, intervista dopo intervista, credeva fosse cortese ricambiare il favore.

E perché aveva voglia di scoparsela, certo.

Come ce l'aveva avuta appena gli era arrivato quel messaggio, nella notte.

Come ce l'ha adesso.

Adesso che la vede scendere dal treno. E ha preso un giorno di ferie per incontrarla. Da quando è diventato preside non l'aveva mai fatto: ma di questo non si è ancora reso conto.

"Ciao."

"Ciao."

Come sempre, quando dovrebbe farci qualcosa, Pietro non sa dove mettere le braccia. Lidia lo bacia su una guancia. Si accende una sigaretta.

"Camminiamo?"

"Camminiamo."

Camminano, parlano, non si ascoltano.

"Non fa molto più freddo che a Roma, qui a Milano."

"Sto rileggendo Plutarco. È sempre sorprendente."

"Ho visto il nuovo film di Clint Eastwood. Così e così."

"È arrivato un nuovo professore di fisica con cui i ragazzi hanno aperto da subito un aspro conflitto. Ogni mattina scendono in presidenza per protestare."

Camminano, parlano, si ascoltano, rimangono in silenzio.

"Marianna ha avuto la varicella."

"Poverina."

"Si è già rimessa, ma tornerà a scuola solo domani."

"Le è piaciuta la puntata?"

"Parecchio. Figurati che in classe, il giorno dopo, una compagna le ha chiesto l'autografo."

"E a te?"

"Cosa?"

"È piaciuta la puntata? Non mi hai fatto sapere niente..."

"Certo che mi è piaciuta."

Camminano, rimangono in silenzio.

Si ascoltano, parlano.

"Come va il processo?"

"Fra due settimane ci sarà un'altra udienza. Speriamo l'ultima."

"Ci sono novità?"

"Il mio avvocato ha discorso a lungo con quello di Betti."

"E?"

"Pare la stia aiutando a ragionare."

"Fantastico."

"Grazie alla nuova legge, il divorzio sarà immediato e questo la rasserena."

"Così poi sarà libera di prendere i voti."

"Esattamente. Castità, povertà e obbedienza. Ha deciso. 'Per la prima volta nella mia vita non ho nessuna riserva,' ha detto."

"Mi pare una buona notizia. Cioè: non che la prima decisione senza riserve di Betti sia prendere i voti, ovvio, intendevo dire che..."

"Certo che è una buona notizia."

"Certo."

"Certo."

"Ma tu?"

"Io cosa?"

"Come stai?"

"Come sempre."

"Mmm."

"Sì."

"Intervistarti senza telecamere è un casino, sai?"

"In che senso?"

"Era una battuta."

"Ah."

Camminano, camminano.

"Se Betti, anziché farmi la guerra, ora si concentra su di sé, magari tornerà davvero a ragionare. Marianna rimarrebbe con me e potrebbe trascorrere con lei tutti i fine settimana e la prima metà delle vacanze estive."

"..."

"Perché ridi?"

"Mi vergogno."

"Non ce n'è motivo."

"E va bene. Ma è una cazzata, ti avverto."

"Vai."

"...Non sapevo che le suore andassero in vacanza. In vacanza da che, se Dio è tutto? Ecco. L'ho detto."

L'ha detto, ha detto una cazzata. E Pietro finalmente ride. Non avevo notato che sapesse farlo davvero, pensa Lidia. Durante le riprese al massimo stiracchiava qualche sorriso nervoso o di compiacenza. Mi piace, quando ride. Le guance scavate all'improvviso si riempiono e gli vanno all'insù.

"La parrocchia del famigerato don Emanuele ogni anno organizza un campo estivo per i bambini di una casa famiglia: Betti andrebbe a dare una mano e porterebbe Marianna con sé."

Camminano, camminano.

Rimangono in silenzio.

"Lidia?"

"Pietro."

"Lo riterresti disdicevole se, considerato che a casa mia ci sono Marianna con la varicella e la baby-sitter, io avessi prenotato una stanza in un albergo e da mezz'ora non stessi passeggiando con te senza meta, ma ti avessi condotta proprio sotto quell'albergo?"

"No. Non lo considererei disdicevole. Anzi. Mi sembrerebbe bello."

"Fino a che ora sei libera?"

"Fino alle cinque."

Sulla pelle di Lidia una cicatrice e tre tatuaggi, sulla pelle di Pietro due cicatrici, nelle mani di Pietro quello che ha perso, nelle mani di Lidia quello che non perderà mai, quello che ha perso e i ricci di Pietro, nelle mani di Pietro quello che non perderà mai e i polsi di Lidia, ma chi sei tu?, e tu? tu chi sei?, non lo so chi sei, capelli, capelli da tutte le parti, finalmente fuori dalla testa e addosso, adesso che non è prima di un'udienza e non è dopo un matrimonio, non è prima di niente e dopo niente, è solo adesso, dopo il dolore, prima del dolore, finalmente è adesso, un momento in cui rimanere mentre c'è, senza fuggire, perché è una fuga in sé, senza sperare, perché è in sé una speranza, io? tu, no no, sì sì, non sono pronto, nessuno lo è, in verità?, in verità ho paura, tanto ormai è successo, e quando?, adesso.

Questa sono proprio io, abbracciami.

Questo sono proprio io, ti abbraccio.

"Perché sei venuta a Milano?"

"Mi hanno chiesto di partecipare alla sceneggiatura di un documentario su tre famiglie: una italiana, una di Nuova Delhi e una di Riyad, che vivranno per un mese sullo stesso pianerottolo."

"Interessante."

"Molto. Il condominio dove vivranno sarà a Milano. Se accetto, dovrò stare qui almeno fino alla fine dell'anno."

"Qui a Milano? Fino a dicembre?"

"Sì."

"E il tuo programma in tv? A marzo non dovevi cominciare a girare la nuova serie?"

"Dovevo, in effetti."

"Invece?"

"Invece non la faccio più."

"Ma come?"

"Il suo intervento sulla necessità del dolore mi ha molto incuriosita, dottor Zanetti."

"La ringrazio, dottoressa...?"

"La Scala. Mina La Scala. Ma immagino che lei nutra diversi pregiudizi verso noi junghiani."

"Io non ho pregiudizi, sono uno scienziato. La mia professione non prevede neanche giudizi, si figuri. Solo dati e interpretazioni."

"È un modo gentile per dire che disprezza la psicologia: ma guardi che anche noi consideriamo importante l'esperienza del dolore per lo sviluppo interiore dell'individuo."

"Nel mio intervento io mi riferivo al dolore fisico..."

"...che è la stessa cosa rispetto al dolore emotivo."

"Da un punto di vista strettamente scientifico assolutamente no, dottoressa La Scala."

"Eppure io ho una polaroid originale di Francesca Woodman dove è evidente che le ferite sulla nostra pelle fanno da specchio a quelle che abbiamo dentro. Mi piacerebbe averla con me, adesso. E comunque mi piacerebbe fargliela vedere... Magari stasera?"

"Devo andare all'inaugurazione di una mostra che si preannuncia eccezionale, sul Barocco: sarà esposto anche l'Atalanta e Ippomene di Guido Reni, non l'ho mai visto dal vivo e, sa, io *avverto spesso l'aspirazione a stabilire un contatto con la bellezza che si pone come assioma. La foto me la può mandare via mail, trova il mio indirizzo sul sito dell'università. Ma mi permetto di insistere, dottoressa: perché il dolore fisico è stato selezionato da un punto di vista darwiniano, secondo lei? Punto primo: perché è un meccanismo di difesa e la sensazione spiacevole che abbiamo provato ci insegnerà come comportarci per evitare in futuro la circostanza che l'ha provocata. Sbattiamo la testa contro uno spigolo? Da quel giorno staremo più attenti a quello spigolo. Punto secondo: il dolore facilita la guarigione. Se un animale si ferisce alla zampa, la zampa diventa iperalgesica, cioè più sensibile, ed è all'improvviso una zona che, fino a quando non guarisce, viene istintivo proteggere anche da uno stimolo che di solito in quell'area circoscritta non farebbe del male. Dunque?"*

*"Dunque, il dolore è un'esperienza eccezionale che ci costringe a un faccia a faccia con la nostra identità più profonda."*

*"No, dottoressa: dunque, il dolore è una cosa normale. E ci serve per andare avanti."*

La reazione del direttore di rete, il giorno dopo, era stata identica a quella di Pietro: "Ma come?".

"È arrivata l'ora di provarci."

"A fare che cosa, Lidia?"

Ad andare avanti, vorrebbe rispondergli.

A fare come loro.

Come tutte le famiglie felici.

Vorrebbe rispondergli, insomma, a vivere. *Quanta energia, quanta curiosità metti nelle cose che fai? Quanta tigna? Hai sempre preferito essere libera piuttosto che felice, di' la verità.* È arrivata l'ora di scoprire se ha ragione Lorenzo, direttore. A essere libera sono trentasette anni che ci provo, ora vorrei provare quell'altra impresa. Metterci la stessa energia, la stessa curiosità, la stessa tigna che, per esempio, ho messo nel programma in questi anni. Vedere se sono capace, se ci sono portata o se questo bisogno d'amore che non m'abbandona mai – mai – altro non è che il nome più comodo da dare al buco che ho dentro. Una piccola malformazione congenita, un guasto, ormai un vizio. Un'illusione ottica per cui mi pare di chiedere tutto agli altri, mentre in realtà non chiedo mai niente, se chiedere è anche, inevitabilmente, dare. Tempo, spazio. Fiducia. Possibilità.

Risponde: "Sono quattro anni che il programma è identico a se stesso e, se io comincio a essere stufa, presto saranno stufi anche gli spettatori. Cercheremo insieme una nuova conduttrice, magari più giovane, più entusiasta... che ne pensa di Maddalena, della redazione? Ha piglio e personalità. Io la aiuterò, potrei farle da autrice".

"Ma perché adesso?" insiste il direttore.

Perché Pietro ha un odore che mi piace tanto. Perché sul soffitto di quella stanza, ieri, ho visto passare un'ombra e magari era proprio l'ombra di quella cosa lì, indicibile soprattutto quando la dici. Che ne so perché adesso, direttore. Ho detto a Pietro che mi sarei trasferita a Milano e avrei abbandonato il programma così, per ingannare quel silenzio che sale quando la voglia, dopo essersi presa tutto, scende. Poteva essere solo una bugia, una delle tante che il sesso dice per conto nostro quando ci piglia e ci porta via, ci riempie e ci svuota. Ma poi, sul treno di ritorno da Milano a Roma, le era apparsa la sua vita degli ultimi anni – la sua vita, sì. Divisa in due colonne: vita professionale e vita privata. La colonna della vita professionale fioriva di avventure e soddisfazioni. Quella della vita privata era secca. Languiva nei falsi movimenti, negli infiniti giri a vuoto che avevano fatto da scia alla fine del suo matrimonio. Così, la bugia detta a Pietro le era sembrata improvvisamente un'idea.

Una bella, idea: e già confezionata da quell'improbabile documentario inventato lì per lì sulle tre famiglie costrette sullo stesso pianerottolo. Una scusa perfetta per non sembrargli una pazza, per non farlo sentire pressato dalla mia presenza e per trasferirmi però nella sua città. Per fare che cosa?

Per dedicarmi alla vita nell'altra colonna.

Cioè vivere, appunto.

Vedere se m'innamoro.

Capire se magari sono già innamorata.

Permettere a un momento di diventare un periodo.

Perché il suo odore mi piace, perché l'ombra. Perché lui è il preside di un liceo, è il padre di una ragazzina, non può certo muoversi da Milano. Io sì, io posso. Io sono libera. Maledizione, se sono libera. Talmente libera che non so più che farmene, di tutta 'sta libertà. E quindi forse è arrivata l'ora di farmene qualcosa. Per esempio, smetterla di girare per il mondo e per case che ultimamente mi ricordano solo che la mia non c'è, è una fermata fra un viaggio e un altro, è un tappeto volante. Pietro no, Pietro non può. Io sì, io posso. Posso e voglio andare incontro a quello che ci sta capitando, posso e voglio dargli l'opportunità di rivelarmi cos'è. Anziché incrociare quest'uomo ogni tanto e casualmente in un anonimo hotel, perché resti anonimo anche quello che c'è fra di noi, ora affitto la mia casa di Roma. E poi mi cerco un monolocale a Milano. Fino alla fine dell'anno, giusto il tempo perché il tempo, quell'adolescente insolente e viziato che è il tempo, sia costretto a darmi una risposta, anziché ciabattare, pigro e distratto, e confondere fra le sue pieghe anche questo incontro, trascinarlo per anni e sformarlo, rubargli l'ispirazione, l'aspirazione, ridurlo all'ennesimo conato d'esistenza.

Così magari sarà chiaro se il problema è l'amore, che è solo il sogno di un ubriaco, o se sono io che ormai all'altezza della pancia, sotto le costole, sono rotta.

Perché adesso? Perché proprio adesso, direttore? Perché esiste un'arca, fra la Vita Immaginata e la Vita Quella Vera, dove prima o poi tutti potremmo ritrovarci. E dove ci sentiamo stranieri e persi. Sarebbe giusto che tutti, dunque, a maggior ragione dopo una certa età, avessimo almeno un bonus da giocarci quando, nell'infinità delle persone contro cui andiamo a sbattere, per poi tornare a noi stessi ancora più stranieri e ancora più persi, ci pare di riconoscerne una.

È la prima volta che capita, da quando eravamo certi che non ci potesse capitare più: è un evento talmente straordinario che meriterebbe la nostra completa attenzione. Però a

quel punto il mondo dovrebbe aiutarci, dovrebbe conceder-
ci un permesso. Ci si mette in aspettativa perché i corpi s'ammalano o s'ingravidano. Perché le teste impazziscono. Ma i
cuori? Per quei muscoli involontari, rossi buffoni, non si prevede nessun permesso speciale.

Problemi familiari, influenza, lutto: sulle giustificazioni
per saltare un giorno di scuola, sui cartelli appesi alle saraci-
nesche abbassate non appare mai scritto INNAMORAMENTO.
Professore, mi si muove una pallina in pancia, professoressa,
ho conosciuto Mario, ho conosciuto Maria e mi è sembrato il
primo Mario, la prima Maria: ieri non ce l'ho fatta a studiare
latino. Vogliate scusarmi, ma oggi la farmacia resta chiusa,
oggi non apro il ristorante: è che ho conosciuto Mario, ho
conosciuto Maria. Voleva che l'accompagnassi al mare e poi
a ballare, capite? E io proprio proprio non potevo rispondere di no.

È così che dovrebbe funzionare, è così che dovremmo essere tutti educati, tutti autorizzati a fare, fin da bambini: e
non per andare dietro a ogni emozione che ci attraversa. Ma
proprio perché, fermandone una, ci potremmo occupare solo di quella, la prenderemmo sul serio come ci raccomanda-
no di prendere prima la scuola, poi il lavoro, e impediremmo
a tutte le altre emozioni di assalirci, fare confusione, destinar-
ci all'Arca Senza Noè e a un'eterna tempesta.

Mamma, oggi non vado a nuoto perché rimango a letto a
pensare a quel bambino che balbetta; papà, oggi non vado
a scuola perché voglio disegnare quella bambina con la trec-
cia lunga seduta nel banco davanti al mio.

È così che dovremmo crescere, per essere un po' più ad-
destrati a non perdere chi, nel tutto uguale, fa la differenza.

Riconoscere il suo valore mentre c'è e non quando è ormai di spalle, per sempre lontanissimo, come mi è successo
con Lorenzo, come è successo a Lorenzo con me, e forse a
Pietro con Betti, a Betti con Pietro, come succede a tutti.

Direttore, senta, ho perso la mia grande occasione, quella che sotto sotto resto certa fosse l'unica per me, eppure ora ho conosciuto Pietro e, per la prima volta dopo la separazione, sono curiosa di sapere che faccia ha un uomo quando si sveglia. In che posizione dorme. Se preferisce i cani o i gatti. Me li concede, questi mesi? No che non me li concederebbe. Si indignerebbe e non mi farebbe neanche collaborare al programma come autrice. Dunque, capisce bene che questi mesi devo prendermeli da sola. Devo essere io a rinunciare a qualcosa, se fra il tutto e il niente è proprio qualcosa che mi interessa, adesso.

"Perché ogni tanto bisogna cambiare, direttore. Magari sbagliare. Comunque andare avanti."


E poi, poi c'è quella telefonata da fare.

"Pronto?"

"Sono io."

"Lilo."

"Stitch."

"Tutto bene?"

"Sì. Ma dovrò trasferirmi a Milano, per un po'."

"A Milano?"

"Mollo il programma."

"Era ora, Lilo. Finalmente ti sei convinta anche tu a partire per il tuo Erasmus nel Paese del Niente?"

"Non esattamente: vado a girare un documentario su tre famiglie, una cattolica, una buddista e una musulmana. Ti spiegherò. Tu però dovresti tenere Efexor in campagna con te, nei prossimi mesi."

"..."

"Stitch?"

"Sì."

"Che c'è, è un problema?"

90

"Ma no, figurati se è un problema Efexor. Per me non è un problema niente, lo sai."

"...Come niente è un rimedio."

"Esatto."

"E allora perché fai questa voce?"

"Quale voce?"

"Questa."

"Perché anche la tua voce è diversa. È elettrica, come sempre quando ti pare che la vita, grazie a una qualche stronzata che ti sei messa in testa, possa avere un significato. E mi chiedo solo in quale nuova illusione ti stai andando a ficcare, Lilo."

"Non lo so, Stitch. Non lo so. Lo capirò quando sarò lì."

"A Milano."

"Sì."

"Stasera passo a Roma, c'è una mostra sul Barocco che sarà la solita pacchianata, ma ci tengo a vedere l'*Atalanta e Ippomene* di Guido Reni. Andiamo insieme e poi vieni da me qui in campagna, così parliamo un po'?"

"Ma io e te non riusciamo mai a parlare davvero di quello che davvero succede. È stato questo il problema, fra noi."

"Io credo sia stata e resti la nostra fortuna. Tu sai che dovunque andrai, a Milano a fare un documentario o nella pancia del pescecane con Pinocchio, avrai per sempre un posto dove fare ritorno."

"Un posto che però è casa tua, non è più casa mia e non è più casa nostra."

"E non è una consolazione? Non è nemmeno casa mia, questa. La casa è una perversione, diceva Bruce Chatwin."

"Vabbe'. Ci vediamo più tardi, Stitch."

"*Italiana?*"

"*Sì. Anche tu?*"

"*Français. Di Metz.*"

"*Però parli italiano.*"

"*Italiano da spiaggia. E ho avuto un amore italiano. Une petite, folle romance.*"

"*Davvero?*"

"*Oui.*"

"*Prima volta a Santa Cruz?*"

"*J'habite ici.*" Indica con il mento la pancia di una donna incinta, che pare una Barbie cresciuta e chiacchiera e ride in mezzo a un gruppo di surfisti, sulla riva. "*Sono André. Tu?*"

"*Valentina.*"

"*Ti piace Santa Cruz, Valentina?*"

"*È fantastica. Sono qui con un viaggio organizzato, abbiamo fatto il Coast to Coast.*"

"*Hai divertimento?*"

"*Molto. Ho adorato New York: è una città enorme, però non mi ha mai fatto sentire sola, perché...*"

"*Je n'ai jamais été là. Sempre a Santa Cruz exclusivement pour le surf, avant de...*" Indica di nuovo il pancione della Barbie cresciuta.

"*Come mai avete deciso di trasferirvi qui, tu e tua moglie?*"

"No, no! Non è la mia moglie: ho incontrato Rosemary ici... Tout de suite. La più supèr surfista che mai avevo visto a Santa Cruz. Io la guardavo, pensavo solo che avevo la voglia di baciare lei... et voilà."

"Che meraviglia."

"Oui, merveilleux: tant que ça dure..."

"Non credi nell'amore, André?"

"L'amour, l'amour... Forse io credevo. Poi: choc! Il mio amore italiano... Une femme totalement dangereuse. Pazza!" Si batte un dito sulla tempia.

"Mamma mia."

"Non belisima, une petite chose, come si dice... Magra, névrosée. Però per me: tsunami! Mai avevo pensato c'est toi, ho trovato te, voglio fare il matrimonio, l'infante, tutto, e, per cominciare, vieni insieme a casa mia, a Metz, io ti presento à la famille..."

"Che tenero."

"Tenero? Eravamo in macchina per andare e lei... Lei vomir. Vomir, capito?" Si mette una mano sulla fronte e imita il gesto. Valentina fa cenno che sì, ha capito.

"E poi?"

"Poi, pouf. Fine."

"Una brutta storia."

"Horrible."

"Però adesso c'è Rosemary."

"Adesso c'è Rosemary. Oui. Tutta una complicazione... Lavoro come il cuoco nel restorante di suo papà, ho dato alla gestione il mio negozio di Metz... Ma poi qui sait. Tu hai i figli?"

"No."

"Tu sei bella."

Anche tu sei bello: vorrebbe sussurrare lei. Anche tu. E le tue spalle mi incantano come a te incantano le mie tette, non dire di no: ci hai incollato gli occhi – peraltro trasparenti, ultraterreni – da quando ti sei seduto qui vicino a me, sulla spiaggia.

Però non verrò a letto con te. No. Non ci verrò. Perché vuoi farmi intendere che questa Rosemary non è certo la donna della tua vita, ma poi stanotte torneresti comunque da lei e dal bambino che verrà, mentre io tornerei al mio hotel sola con Max. Cioè sola. E soprattutto non verrò a letto con te perché questo viaggio con Avventure nel Mondo è la rincorsa per la nuova Valentina. Una Valentina che, per prima cosa, la smetterà di dare retta a quelli bravi solo a inseguire una pazza e a illudersi che con lei, finalmente, potranno fermarsi e cambiare.

Quelli così non si fermano, quelli così non cambiano: e quando incontrano una donna matura che non vomita sull'autostrada, ma è pronta a costruire davvero qualcosa, una come Rosemary, una come me, o la sposano e la tradiscono oppure la usano per tradire quella che hanno sposato. Per quelli così, l'amore fa come il mio fidanzato Max: non esiste.

"Grazie."

André sorride, le sfila il cellulare dalle mani, digita qualcosa e glielo restituisce.

"Questo è l'indirizzo di Poet and Patriot, un pub vicino al restorante. Aspetti me lì e quando ho finito offro te una Bud, sì?"

No. No e no. La nuova Valentina lo sa che deve rispondere no.

Ma: "Sì. Va bene," risponde. Tanto poi non mi presenterò, si dice. O, se mi presenterò, starò sulle mie. O, se lo bacerò, comunque non ci andrò a letto. Se ci andrò a letto, magari lui sentirà per la prima volta, dopo la storiaccia con quell'italiana, qualcosa. Una pallina, sotto le costole. Una piccola onda anomala, dentro, che lo convincerà a cambiare. E a fermarsi con me.

Quell'uomo che corre perché crede di essere in fuga, e invece è alla ricerca, si chiama Roberto ed è uno scienziato, si chiama Luca, ha fatto una promessa, si chiama André e aspetta un figlio.

Nasce oggi, ancora non ha un nome.

Quella donna che corre perché crede di essere alla ricerca, e invece è in fuga, si chiama Valentina ed è partita con Avventure nel Mondo, si chiama Rosemary, è sua sorella e si chiama Kate, fa la psicologa e si chiama Mina.

È nata nella notte dei tempi e si chiamava Atalanta: ma il padre desiderava con tutto se stesso un erede maschio e, offeso con il destino, la abbandonò sul Monte Pelio, finché un giorno dei cacciatori inciamparono nella piccola e decisero di crescerla come una figlia. Anzi, come un figlio. A soli cinque anni, Atalanta uccise con il suo arco due centauri e, diventata ragazzina, partecipò alla battuta per la cattura del terribile cinghiale calidonio. Fu la prima a ferirlo e l'eco dell'impresa arrivò al padre che, commosso e stupefatto, finalmente la riconobbe. Ma femmina era e femmina continuava a essere, quindi l'unica preoccupazione, ora, era trovarle un marito. La buia predizione di un oracolo gravava però su Atalanta: una volta sposata, avrebbe perso la velocità nella corsa e l'abilità nella caccia. Così, fingendo di assecondare il desiderio del padre, ma per difendere se stessa, Atalanta promise di sposarsi solo con chi l'avesse vinta in una gara di corsa. Ogni pretendente sconfitto, invece, sarebbe stato ucciso: ci aveva messo una vita per diventare libera e forte come il maschio che suo padre aveva desiderato, non sarebbe certo stato un maschio nato maschio a imprigionare la sua forza e a toglierle la libertà.

Passavano gli anni e Atalanta correva, correva. Nessun corteggiatore riusciva a superarla e, inseguendo l'amore, andavano tutti incontro alla morte.

Ma il giovane Ippomene, dagli occhi belli e l'animo profondo, osservava da lontano, pazzo di quella ragazza inafferrabile: finché chiese aiuto ad Afrodite. La dea, conquistata da tanta passione, gli regalò tre mele d'oro e gli consigliò di farle cadere durante la gara.

Così Atalanta cominciò a correre, e Ippomene con lei. O meglio, dietro di lei: finché non lasciò cadere una mela. Atalanta si fermò, rapita, a guardarla luccicare. Lasciò cadere la seconda mela. Di nuovo Atalanta si fermò. Cadde la terza, Ippomene vinse la gara e Atalanta si innamorò di lui, perdutamente e per sempre. Il loro fu un matrimonio talmente fortunato da fare infuriare quella stessa divinità che quando le cose andavano male li aveva aiutati, ma questa è un'altra storia.

Quello che ci interessa, adesso, è che può succedere: può arrivare qualcuno e buttarti fra i piedi tre mele d'oro.

Vai a capire se sono quelle mele che ti incantano o se sei tu che non ce la fai più a correre.

Fatto sta che ti fermi.

Come una donna che si chiama Lidia s'è fermata.


È già passato un mese da quando, il giorno stesso in cui ha parlato con il direttore, ha messo in affitto la sua casa di

Roma su Airbnb, fino a dicembre, e fino a dicembre ha preso un monolocale piccolo ma luminoso, vicino alla stazione Centrale.

A Milano, dove adesso ogni mattina si sveglia.

Si sveglia e che cosa fa?

Niente, tutto: aspetta Pietro.

Si alza alle sette, sistema la scaletta di un copione per Maddalena, il nuovo volto di *Tutte le famiglie felici* – una ragazza di venticinque anni con gli occhi viola e la battuta pronta che ha sempre lavorato nella redazione del programma ed è ancora incredula di ritrovarsi a condurlo.

Lidia le manda il copione, lo discutono su Skype, studiano insieme le schede dei componenti della famiglia protagonista della puntata per decidere l'ordine delle interviste.

E a mezzogiorno Lidia spegne il computer, fino alla mattina dopo.

Proprio lei che non fa mai passare più di un'ora senza collegarsi, senza inviare un messaggio o scrivere una mail a un animale dell'Arca, controllare la pagina facebook del programma e rispondere ai fan, a uno a uno, personalmente.

Lei che senza il suo lavoro non può stare.

Lei che ansima a vuoto, pur di ingannare l'insensatezza del mondo.

Lei che prima fa una cosa, poi la pensa.

Lei che preferisce essere libera anziché felice.

Dove sono quelle Lidie?, pensa la Lidia che da un mese passeggia su e giù per le strade di Milano.

Si ferma davanti alla vetrina di un'erboristeria a Porta Venezia e studia la ragazza alla cassa: ha due tette davvero esagerate.

Porta le lenzuola in una lavanderia self-service e s'imbambola a guardare i giri della lavatrice.

Entra in un negozio e studia quale vestito potrebbe mettersi per uscire una sera senza mutande, perché, chissà, se trova il coraggio le piacerebbe fare a Pietro quella sorpresa.

Si siede in un ristorante e ordina un carpaccio di tonno, un bicchiere di vino bianco. Lei che a pranzo ha sempre mangiato per finta, con uno yogurt o un cappuccino, correndo più veloce di Atalanta e senza mai una direzione.

Finisce di mangiare e ancora passeggia.

Su e giù per corso Buenos Aires.

Per i vicoletti di Brera.

Pensa cose del tipo: aria. Aria incondizionata. E sorride.

Oppure: chissà come saremmo noi esseri umani se avessimo i denti al posto dei peli e i peli al posto dei denti.

O ancora: *Planet Earth is blue and there's nothing I can do*, canta, fra sé e sé.

E pensa a Pietro, soprattutto pensa a Pietro. Si chiede perché, ogni volta che finiscono di fare l'amore, lui tiri fuori un ricordo lontano. "Com'era bello, d'estate, andare dai miei nonni, a Favignana. Da Palermo, dove sono cresciuto, ci si metterà un'ora, poco più, eppure a me pareva un viaggio incredibile," le ha detto ieri, allacciato a lei e ancora tutto nudo, anziché dirle: "È stato bello, è stato incredibile". Oppure, la prima notte che hanno passato insieme: "Quando ci siamo trasferiti a Milano, mia madre il primo giorno mi ha portato fra le guglie del Duomo perché, affacciandomi, avessi un'idea della città: era tutto così nuovo e strano," le ha bisbigliato in un orecchio. Anziché bisbigliarle sei così nuova sei così strana.

Per accedere a un'emozione evidentemente ha bisogno di andare a pescarne un'altra, ma che si trovi a distanza di sicurezza, pensa Lidia.

Poi pensa a Lorenzo, chissà che cosa fa, chissà a che cosa pensa, pensa.

Pensa ai *pezotes*, strani animaletti della Costa Rica, pensa a

Pietro, pensa a una famiglia di collezionisti di mosche che ha conosciuto in Svezia.

Pensa a Lorenzo, pensa a Pietro, pensa a Lorenzo, pensa a Pietro.

Pensa a Pietro.

Pensa a Tony, a Pietro, a Greta, a Pietro, a Elisa, a Pietro, a Michele e a Pietro: da quando è a Milano sente poco gli altri animali dell'Arca, nemmeno a loro ha detto la verità sul suo trasferimento, perfino con loro ha imbastito la balla del documentario sulle tre famiglie – eppure le sono così presenti, così continuamente presenti.

Anche se il pensarli s'intreccia sempre al pensiero di Pietro.

Proprio perché s'intreccia, le permette nuove angolazioni.

Le pare di intuire meglio quali siano i motivi che trattengono sull'Arca ognuno di loro, quali le lusinghe della Vita Immaginata, quali le promesse della Vita Quella Vera.

E le sono ancora più cari, da un mese.

Da quando il tempo, quel cagnolino scodinzolante e fedele che è il tempo, si è rimesso a lei e la lascia fare.

Pareva un vecchio demente.

Un bambino sfacciato.

Un adolescente insolente e viziato.

Di colpo è suo, la segue con quelle quattro zampette e agita la coda come a dirle e adesso? Che facciamo, adesso?

Adesso compro una piantina grassa e mi faccio spiegare dal fioraio com'è che devo annaffiarla.

Adesso leggo questo libro.

Adesso ascolto questa canzone.

Adesso vado in un multisala e dalle tre alle cinque vedo un film, dalle cinque e mezzo alle sette un altro film.

Adesso sono a disposizione di quello che mi sta succedendo.

Quindi torno a casa e la metto un po' in disordine, prima che citofoni Pietro.

Perché Pietro citofona quasi ogni giorno.

Direttamente dopo la scuola, per dire ciao, o di pomeriggio, mentre Marianna fa pattinaggio, e il giovedì qualche volta arriva di sera, perché la baby-sitter può fermarsi a dormire.

Pietro citofona quasi ogni giorno e trova il monolocale sottosopra, cicche di sigaretta traboccano dal posacenere, piatti che Lidia non ha mai usato galleggiano nel lavandino, perché lei possa sbuffare: "I due sceneggiatori che lavorano con me al documentario oggi erano proprio affamati!". Oppure: "La famiglia di Nuova Delhi ci sta mandando fuori di testa, pretendono che il loro avvocato segua le riprese e il montaggio".

Così che la Vita Quella Vera sia anche un po' Immaginata e le faccia meno paura.

Così che lui non possa avere il minimo dubbio che lei si sia trasferita a Milano perché doveva.

E non perché voleva.

Non per essere a disposizione di quello che le sta succedendo.

Che sta succedendo a tutti e due, mentre un momento diventa un periodo: ma un periodo a forma di momento.

"Fin da bambino sognavo di diventare archeologo, perché almeno un brandello di mondo, anche solo un vaso sbeccato, un giorno portasse il mio nome. Ero sulla buona strada, ma... diciamo che l'ambiente universitario cominciava ad affaticarmi. E ho abbandonato la ricerca. Così, oggi, al massimo il mio nome ce l'ha una circolare."

"Mi stanca da morire non essere mai stanca."

Preferiscono parlare d'altro, anziché di quello che succede.

"Mi passi l'olio?"

"Mi sono svegliata con il mal di testa e non se ne va."

Perché è solo parlando d'altro che succede.

Succede che fra tutte le persone che corrono e si accalorano e parlano fitto al telefonino sulla metro e ti costringono a prendere atto dell'assoluta mancanza di senso – loro e dunque anche tua – una ti convince che invece un senso ce l'hai.

Succede che fra tutte le persone senza senso, una ti pare ce l'abbia.

Ma devi darle tempo, devi darti tempo.

Devi prendere il tempo e raccomandargli adesso basta, stai buono qui, non ti muovere, seduto, a cuccia, ecco: tieni, ci sono tre mele d'oro, guardale, giocaci, lasciami stare, sssh.


"Lasciami stare papà, ti prego. Non lo vedi che la pioggia scintilla?"

Sbuffa Marianna. Non ne vuole proprio sapere di staccare il naso dalla finestra della sua camera e mettersi a dormire.

Pietro le si avvicina e guarda con lei il temporale che esplode: "È vero, Colibrì. La pioggia scintilla".

S'incantano alla finestra insieme, finché Marianna non si muove e si infila a letto. È sempre così, riflette Pietro: se le ordini di fare una cosa non c'è verso di riuscire a convincerla, ma poi se ci arriva da sola la fa.

"Giochiamo un po' al se fosse?" gli chiede da sotto il piumone, da dove spuntano solo la siepe di ricci e le orecchie di un coniglio di peluche con cui si ostina a dormire. Pietro le si stende accanto.

"Dai, Colibrì, comincia tu. Pensa a qualcuno."

"Ce l'ho. È una femmina."

"Se fosse... Se fosse un colore?"

"Mmm. Sarebbe il blu. Chiaro."

"Se fosse un animale?"

"Una foca!"

"Se fosse il personaggio di un fumetto?"

"Sarebbe Ranma. Hai presente? Quello che è maschio ma anche femmina."

"È troppo semplice!"

"Eddai, chi è?"

"È la madre della tua amica di pattinaggio, quella con i baffi."

"Hai vinto." Marianna stringe a sé il coniglio e gli dà le spalle.

"Spengo la luce, Colibrì?"

"Sì, ma tu non andartene."

"Certo che no."

È da quando Betti si è trasferita nella foresteria della parrocchia che hanno preso quest'abitudine. Marianna si mette a letto e lui resta lì, in silenzio, finché non sente che il respiro le si allunga e allora si alza, pianissimo, per non svegliarla.

Ha il sonno talmente leggero: anche per questo l'ha ribattezzata Colibrì. Perché è sempre stata più bassa delle altre della sua età, più piccola e in preda a un perenne stato di elettricità. Comincia a studiare, si distrae, apre il frigorifero, prende un succo di frutta, non lo beve, si siede, si alza, va a pattinare in cortile, fa domande, fa domande.

"Domani si decide se vivrò con te o con la mamma?" gli ha chiesto a cena. E Pietro le ha spiegato che sì, domani ci sarà l'ultima udienza, ma che no, non si deciderà niente, perché si è già deciso tutto: lui e la mamma ormai non litigano più e lei avrà semplicemente due case.

"Questa, dove starai con me dal lunedì al venerdì, e quella dove si è trasferita la mamma con le signore simpatiche che hai conosciuto."

"E quando posso conoscere anche i figli di quelle signore?"

"Non credo che quelle signore abbiano figli."

"Forse qualcuna sì."

"Non credo."

Con Marianna bisogna stare molto attenti e lui lo sa: ha una memoria portentosa e le piccole bugie che si dicono per aiutare gli altri a sopportare meglio la realtà con lei non hanno mai funzionato, nemmeno quando andava all'asilo. Il primo giorno con Betti e le sue consorelle, se stasera lui le avesse fatto sperare di trovare altri ragazzini, non avrebbe avuto pace scoprendo che non era così. E, anche se non ci sarebbe stato verso di farglielo ammettere, quella delusione per almeno due giorni non le avrebbe lasciato spazio per nient'altro.

Lidia in questo somiglia a Marianna, si sorprende a riflettere Pietro, quando accende il televisore, in salotto, ma dal divano continua a fissare la pioggia fuori dalla finestra.

Anche lei sembra esaurirsi completamente nelle emozioni che vive.

Ieri, mentre facevano l'amore, per esempio: lui ha cominciato a baciarle la pancia, piano, e lei ha chiuso gli occhi. Li ha tenuti chiusi per tutto il tempo, come se volesse abbandonare ogni possibilità di resistenza per rimettersi interamente ai baci di Pietro, alle sue mani.

A differenza di Marianna, però, Lidia smania per confidargli quello che sente. Come qualche sera prima, mentre parlava del suo matrimonio. Con quale impeto, con quanta sincerità gli ha detto: "Vedi, prima di incontrare Lorenzo io sapevo solo sedurre. Mi schiantavo negli altri per assordare il vuoto che sentivo dentro, grazie al botto della conquista. Con Lorenzo invece è stato diverso, nel botto di quello schianto il vuoto si è annullato: perché Lorenzo io l'ho amato davvero. Ma il problema, forse, è che ho sempre chiesto troppo all'amore. Capisci?".

"No. Io all'amore ho sempre e solo chiesto che mi facesse stare tranquillo," ha ammesso lui.

E in quell'esatto istante l'ha scoperto.

Ha scoperto che molto prima di incontrare Betti, ancora prima che suo padre gli facesse quello scherzo di pessimo gusto, forse da quando sua madre si era ammalata e lui aveva intuito che la vita, tutta, è uno scherzo di pessimo gusto, gli altri li aveva pregati solo di fare piano.

Di non disturbare.

Ecco perché, tutto sommato, anche l'abbandono di Celeste, alla lunga, gli era parso un sollievo.

E che fa, ora? Pensa a Celeste? A Celeste non dovrebbe pensare: è questa la regola.

Ma, mentre la pioggia cade e scroscia e scintilla e Marianna dorme nella sua stanza, Pietro su quel divano non solo pensa a Celeste.

Su quel divano, a poche ore dalla fine del processo, Pietro scopre che, dopo la tragedia che l'aveva sconvolta da bambina, Betti proprio questo cercava in lui: la possibilità di non disturbare nessuno. E proprio questo, oggi, non gli perdona.

Non gli perdona di avere assecondato la sua rinuncia a esistere e ora chiede a Dio di annullare il vuoto che sente dentro, come direbbe Lidia, e che lui non si è mai preoccupato di ascoltare.

Non gli perdona di avere evitato il botto dello schianto.

Di non essersi mai appassionato a lei.

Perché l'importante era non farsi male.

Soprattutto dopo la storia con Celeste.

L'importante era rimanere fermo al suo posto.

Giocare d'anticipo con i capricci della vita.

Che però è davvero incorreggibile, se adesso ha portato questa donna strana, questa donna nuova a Milano, per girare un documentario.

E se questa donna ha una pelle che gli piace tanto.

Se lo spinge a fare cose che in quarantacinque anni non aveva mai fatto.

Pensare a dove ha sbagliato, davanti a un temporale.

Toccarla e avere l'impressione di imparare ogni giorno a suonare meglio uno strumento prezioso.

Uscire da scuola e andarle incontro, anche solo per passare insieme mezz'ora.

Raccontarle che, un pomeriggio, Marianna si è chiusa nella sua stanza per fare i compiti, ma ha preso a piangere piano e poi forte, sempre più forte, come se volesse attirare la sua attenzione, e certo che l'ha attirata, allora lui ha afferrato la maniglia, però poi è rimasto davanti a quella porta, immobile e coglione, cercando il coraggio di entrare.

Ammettere che non l'ha trovato.

Ritrovarsi insomma archeologo, di nuovo e finalmente, ma alla ricerca di quello che lui stesso ha sepolto.

Sentire qualcosa muoversi, sotto le costole, all'altezza della pancia: qualcosa che non riconosce e che, chissà per quale motivo, lo riporta sempre alla marmellata di limoni che preparava sua nonna o alla prima volta che s'è ubriacato a una festa, a frammenti così, frammenti perfetti, lontani.

Qualcosa che non lo fa rimanere fermo al suo posto, mentre lei fibrilla e si agita e poi chiude gli occhi e s'abbandona.

Qualcosa che, anzi.

Gli fa venire come voglia di correre.

Ma perché, adesso?

Perché adesso arriva, adesso fa tutto da solo: vero.

Però mira alla parte più spellata di te.

Quella dove faceva sempre freddo, finché per la prima volta non si è allungata una mano calda.

Quella dove, da quando quella mano calda si è sottratta, fa ancora più freddo di prima.

Quella dove da un anno, due tre, tutto è assiderato, morto, rimbambito dal mai più.

Niente può raggiungerti e, se qualcuno ci prova, a te il suo tentativo non pare un dono, ma un attentato: e gli ringhi e lo mordi.

Mentre quel vecchio bambino di quattordici anni continua a dispensare giorni.

Lunghi, vuoti: tutti uguali.

Corti, pieni: tutti uguali.

Non hanno senso e ti sembrano nemici.

Non pretendono di avere senso e sono tuoi complici.

È grazie a loro che il ghiaccio comincia a sciogliersi, dentro.

È per colpa loro che una mano può spingersi di nuovo fino a lì.

Vuole darti una carezza?

Sì.

A te pare comunque che voglia darti uno schiaffo?

Sì.

Fatto sta che permetti a quella mano di entrare.

Non te ne accorgi, ma glielo permetti.

E permetti a quell'adolescente in fasce di cent'anni di andare a farsi un giro.

Ma nemmeno di questo ti accorgi, nemmeno questo sai.

Sono altre le cose che, a questo punto, sai.

*Dev'essere lui, pensa Mina, quando lo vede sistemare i libri dagli scatoloni ai tavoli delle novità. Luca? Le pare si chiami così.*

*Gliene aveva parlato una sua paziente, una donna vinta dal bisogno di passioni forti e atterrita dalla realtà ma con cui Mina crede di avere fatto un percorso interessante. "Oltre al suo matrimonio, lei sta abbandonando la Vita Immaginata, ecco perché soffre tanto," ripeteva sempre a quella paziente. Che a un certo punto si era convinta di essere innamorata di un uomo rimasto vedovo pochi mesi dopo il matrimonio, a sua volta ancora innamorato della moglie e vincolato a lei dalla promessa di non toccare mai più un'altra donna.*

*"La sua infatuazione è solo un movimento apparente fuori dalla Vita Immaginata. Non è innamorata di quest'uomo, ma della sfida impossibile che rappresenta."*

*Ma la paziente si era spinta comunque a dichiararsi: per venire naturalmente rifiutata.*

*"Posso esserle utile?" È proprio lui che interrompe i pensieri di Mina.*

*"Grazie. Cercavo* Le mani del dio vivente *di Marion Milner. Non riesco più a trovarlo, è come se la casa se lo fosse ingoiato."*

*"Capita," dice lui. Sorride, ma con gli occhi no.*

*E Mina? E Mina sente muoversi qualcosa, all'altezza della pancia. Sotto le costole. Qualcosa che non dovrebbe sentire, qualcosa che non dovrebbe muoversi. Una pallina. Già. Ogni tanto le capita di incontrare uomini intriganti, ai convegni o perfino in chat, ma questo non è solo intrigante. È... È emozionante, quest'uomo. Ecco com'è. Sì. Sì? Oddio, no. No no. No! Anche se... Anche se, ammettiamolo, io ho degli strumenti che la mia paziente si sognava di avere e sicuramente ce la potrei fare a... No. No e no. Si ripete. Mentre la pallina continua a muoversi. E lei non sa come fermarla.*

*Segue Luca nel settore di Psicologia. Vorrebbe riuscire a pensare qualcosa, qualsiasi cosa. Non ci riesce. Invece di pensare, domanda:* "E Scritti sulla perdita *di Freud, ce l'avete? Non trovo più neanche quello".*

*Lui studia gli scaffali, le dà le spalle. Ma in quelle spalle lei avverte un fremito. Allora insiste.*

"Un libro fondamentale... L'ha mai letto?"

*Luca si gira, ha trovato sia la Milner sia Freud.*

"Sì. L'ho letto," *risponde. Con una voce diversa da quella che aveva avuto finora. Una voce che dovrebbe allontanare, e invece la avvicina. E scatena la pallina nella pancia.*

"Ho detto qualcosa che l'ha turbata?"

"No."

"Sicuro? Sono una psicoanalista, non vorrei essere invadente. È che certe cose le intuisco."

"...Ho perso mia moglie, sei anni fa. Ci eravamo appena sposati." *La voce ora è rotta. Però non allontana più.*

"Mi dispiace. Davvero. Certo, sei anni..."

"Sono tanti, me ne rendo conto. E da un po' mi accorgo che ricomincio a guardarmi in giro, sa... Ricomincio a considerare le donne come donne. Però..."

"Però?"

"Però mi sono evidenti solo i loro difetti."

"*Sua moglie non aveva difetti?*" Mina azzarda. Non pensa, ma azzarda.

"*Non saprei, prima di sposarci eravamo stati insieme solo un anno, eravamo ancora così stupefatti di esserci trovati... O forse li ho dimenticati, chi lo sa: di fatto sono spariti, i difetti di Federica.*"

"*Mm-mm.*"

Luca si gratta la testa, abbassa gli occhi. Sono così neri, così tristi. Sembrano quelli di un gorilla ferito: finalmente Mina un pensiero riesce a formularlo.

"*Dottoressa, scusi se approfitto, ma ormai ci siamo... non capisco come abbia fatto questa conversazione ad arrivare fino a qui, ma ci siamo, e...*"

"*Mi dica. Anzi: dimmi. Possiamo darci del tu, no? Io mi chiamo Mina. E tu sei sicuramente dell'Ariete.*"

"*Sono Sagittario. Ma insomma...*"

"*Sagittario? In fondo mi torna, perché secondo Jung, che teneva in grande considerazione l'astrologia...*"

"*...insomma, dottoressa, il punto è che, quando ho chiesto a Federica di sposarmi, le ho promesso che non avrei mai più toccato un'altra donna in vita mia. Fino a poco tempo fa non ho avuto nessuna difficoltà a mantenere la promessa, ma negli ultimi tempi avverto qualcosa cedere, dentro di me, e non capisco se sia un bene o un male, perché...*"

"*Senti: io ho una polaroid originale di Francesca Woodman che sono sicura ti darebbe un grande conforto. Perché non passi da me, stasera, verso le nove?*"

"*Non sapevo che voi psicoanalisti lavoraste fino a tardi.*"

"*...*"

"*Comunque ha ragione. I miei amici continuano a insistere perché mi faccia aiutare da qualcuno che non sia e non possa diventare intimo con me, che non abbia un approccio personale alla mia situazione... Mi sono sempre rifiutato, ma adesso ci* siamo trovati a parlare e onestamente scopro che avrei ancora così tante cose da buttare fuori..."

"Qualcuno che non sia e non possa diventare intimo con lei. Giusto."

La pallina. La pallina si ferma. Si blocca lì, dove fino a quell'istante si muoveva. Nella pancia. E si trasforma in un piccolo sasso. In un calcolo renale.

"Quindi, se stasera alle nove lei davvero è disponibile, io ci proverei. Magari facciamo una seduta e vediamo come va?"

"Certo che sì." Mina gli allunga il suo biglietto da visita. "Se per lei va bene, io però preferirei vederci domani a mezzogiorno, per questa seduta." E la voce che rischia di rompersi è la sua.

Tutti e due a questo punto sanno che la vita unisce e la vita separa.

L'oggi e il domani, le case e le cose, gli amici e gli amici, i genitori e i figli, te e lei, lui e te.

I cuori, soprattutto i cuori – muscoli involontari, molluschi rossi, invertebrati buffoni.

Tutti e due sanno che, se hai il cuore separato, lo seghi anche ai disgraziati che incontri. E nemmeno te ne accorgi.

Loro vorrebbero ricostruire il tuo, tu seghi il loro: tutti e due lo sanno.

Tutti e due sanno che fare del male a chi non c'entra niente fa male.

E tutti e due sono stati costretti ad assolversi per averlo fatto – a un francese conosciuto a Santa Cruz, a un'erborista con le tette esagerate, a uno studente che era entrato solo con cinque minuti di ritardo a scuola, a un cameraman che era arrivato solo con cinque minuti di ritardo sul set.

Perché tutti e due a questo punto hanno realizzato che gli altri non sono davvero gli altri, in quel momento, non sono niente, non sei niente tu, sei un cassonetto per la raccolta differenziata dove c'è scritto umido ma tutti buttano plastica e vetro.

Pietro non sa che cosa si prova quando eri certo, assolutamente certo di averla trovata, la tua personacasa, era indubbiamente quella, ma poi sei stato costretto a scegliere: o la tua personacasa o quello di cui hai bisogno tu per non impazzire, o la tua personacasa o te.

Mentre Lidia sa che se diventa impossibile stare insieme, amare non serve a niente: anzi, peggiora le cose.

Non sa però che cosa si prova quando una bambina ha i tuoi ricci e gli occhi di un'altra donna, per sempre lontanissima, comunque occhi della tua bambina.

Sa che chiedere tutto all'amore fa sì che, quando l'amore vacilla, non ci sia nient'altro a cui aggrapparsi: questo sì, Lidia lo sa.

Come Pietro sa che non chiedere niente all'amore fa sì che l'amore non ti perdoni di non averlo fatto partecipare.

Tutti e due sanno che se si vendica di te, l'amore, perché gli hai dato troppa responsabilità o perché non gli hai dato nessuna fiducia, può essere davvero feroce.

Può farti parlare per una notte intera con la tua personacasa senza che vi diciate niente, perché ognuno dei due aggredisce l'altro per difendere sé, siete due gatti in un sacco.

"Lorenzo, porca puttana, dimmelo, perché non mi desideri più?"

"Lidia, ma ti senti? Perché sei diventata così poco desiderabile?"

Può spingerti a usare come un'arma le ferite aperte che la tua personacasa ti aveva consegnato pregandoti di fare attenzione, accarezzarle e provare magari, chi lo sa, a chiuderle insieme.

"È colpa di quella stronza di tua madre."

"È colpa di quel borghese di tuo padre."

Può alzare muri invisibili e altissimi fra quello che vorresti chiedere all'altro e quello che invece effettivamente gli chiedi.

"Stasera ho promesso a Marianna che avremmo ordinato delle pizze, per te va bene, Betti?"

Muri fra quello che l'altro ti risponde e il bisogno di proteggerti dalla sua risposta.

"Certo che va bene, Pietro. Sai, quando torno dagli incontri con don Emanuele mi sento... Non so bene come spiegarti... Appagata, ecco, pienamente appagata. È una sensazione che non avevo mai provato fino a ora e che vorrei..."

"Allora telefono alla pizzeria. Marianna e io prendiamo una Margherita, tu?"

Tutti e due conoscono il rumore che fa una porta quando si chiude, e che tu sia dentro o che tu sia fuori sei comunque dentro e comunque fuori; conoscono il rumore che faceva quella porta quando all'inizio si apriva e tu eri in cucina e pensavi: finalmente è tornato, finalmente è tornata; il rumore che faceva quella porta quando poi si apriva e tu steso a letto guardavi il soffitto e pensavi: oddio no, è tornato, oddio è tornata. Il rumore che fa il silenzio – soprattutto questo conoscono: il rumore che può fare il silenzio.

Tutti e due sanno che può diventare un'abitudine dire una bugia. Dirne un'altra. Ancora un'altra. E sanno quanto può essere facile tradire. Ancora più facile che essere traditi, anche solo perché una cosa puoi avere la grazia di non saperla mai. L'altra cosa no, la sai.

E tutti e due la sanno.

Tutti e due sanno che per una separazione è necessario presentare:

*a*) l'estratto dell'atto di matrimonio (da richiedere presso il Comune ove è stato celebrato il matrimonio);

*b*) il certificato di residenza e lo stato di famiglia, anche contestuale, di entrambi i coniugi;

*c*) la dichiarazione dei redditi degli ultimi tre anni di entrambi i coniugi;

*d*) la copia di un documento di identità di entrambi i coniugi;

*e*) la copia del codice fiscale di entrambi i coniugi.

Sanno che, una volta in tribunale, ti danno un numero: a Lidia e a Lorenzo era toccato il 38, Pietro il suo non se lo può ricordare perché il giorno della prima udienza, aspettando di entrare dal giudice, era troppo impegnato a ripetere con l'avvocato cosa dire e cosa non lasciarsi sfuggire. Ma anche lui a questo punto sa che quel numero non ti sta dicendo solo di aspettare il tuo turno.

Ti sta dicendo: ma che ti credi? Che il tuo amore avesse quantomeno una qualche esclusiva, che fosse il primo a nascere, che sia l'ultimo a finire? Guarda che lo fanno tutti. Pure l'amore 39, fra quella rossa incazzata, con le labbra lucide e gonfie, che continua a infilarsi e sfilarsi un bracciale a forma di proboscide, e quel tizio con le sopracciglia depilate che le dà le spalle e urla al telefonino cazzo, te l'avevo detto che dei somali non ci si può fidare, dammi massimo due ore, torno in negozio e a quello gli faccio io un culo così, ok? Pure il loro, certo. Proprio come il vostro. Era nato nel vento caldo di un'estate, a una grigliata di Pasquetta, nel parcheggio di una discoteca, su un divano di amici, su facebook e ora finisce in un tribunale.

Tutti e due sanno che mentre lo guardi che guarda il giudice, il pericoloso essere seduto vicino a te, ti è impossibile, assolutamente impossibile concepire che possa ridere, confidarti un aneddoto fondamentale della sua infanzia, spogliarsi davanti a te. Tutte cose che in realtà quello straordinario essere deve avere fatto almeno un'infinità di volte. Ma tutti e due sanno che lì per lì non te ne torna in mente neanche una.

E tutti e due sanno che un dolore così esige delle spiegazioni.

Sanno che quelle spiegazioni non arriveranno mai.

Arriveranno domande, quelle sì.

Dove?

Quando?

Perché?

Ci siamo presi, ci siamo persi.

Così, quello che tutti e due hanno perfettamente chiaro è che adesso, adesso, la loro priorità dovrebbe essere una sola: evitare che questo strazio si ripeta.

L'unica soluzione logica, quindi, sarebbe rifiutare l'incanto da cui un amore si traveste mentre nasce, per non scoprire, quando finisce, che in realtà era soltanto un numero.

Lo sanno.

Eppure.

Eppure, la lusinga del caso che stavolta e proprio a loro sia capitato un incanto non taroccato comincia a tentarli.

Allora?

Allora bisognerebbe farsi furbi, cercare nuovi metodi di prevenzione. Per esempio scambiarsi un curriculum sentimentale, finché si è in tempo.

Ognuno lo dovrebbe tenere sempre a portata di mano, per tirarlo fuori al momento opportuno e consegnarlo all'altro.

Potessero farlo, i loro sarebbero:

CURRICULUM VITAE AMATORIAE
di
LIDIA FREZZANI

nata a Pescara il 7 marzo 1978
residente in via Grotta Perfetta 315, Roma
335/301340
lidia.frezzani@tin.it


*Traumi*

*Dicembre 1988*  Divorzio dei genitori.

*Dicembre 2000*  Morte per incidente stradale di Maria, am-
ministratrice condominiale dell'immobile in cui la Candidata
tuttora risiede e sua intima amica.

*Aprile 2011*  Abbandono violento e improvviso da parte
dell'ex coniuge Lorenzo Ferri.


*Infanzia*

Contrassegnata da un forte ma indistinto senso di estranei-
tà rispetto ai coetanei che la porta a considerarsi, a fasi al-
terne, vertiginosamente inferiore o vertiginosamente superiore. Comunque diversa. Come diversa si sente rispetto a
entrambi i genitori e alla figlia che è convinta loro aspettas-
sero.
"Non ti sembra struggente questo tramonto?" Sul lungomare di Pescara la Candidata, a cinque anni, si rivolge così alla
madre che, colta da doloroso stupore, risponde: "Andiamo a
prendere un gelato, dai". Questo aneddoto viene sistemati-

camente raccontato dalla Candidata nella fase di conquista di un potenziale partner, in quanto ella lo ritiene sintomatico di quell'ansia di condividere l'incondivisibile che ancora non la abbandona (e che il potenziale partner in quel momento dovrebbe avvertire il desiderio di essere lui il primo a placare). Alte le probabilità che la passeggiata sul lungomare non abbia mai avuto luogo, data la propensione della Candidata a ritoccare la realtà per sostenerne meglio il peso, ritenendo la fantasia l'unica chiave di accesso alla comprensione del mondo. Propensione che inconsciamente la Candidata sente autorizzata dal divorzio dei genitori, che le dimostra in maniera precoce e definitiva come quella che un giorno definirà la Vita Quella Vera sia un luogo maligno, dove non avviene nulla di buono. Un luogo, in sintesi, molto più ingannevole delle sue fantasticherie.

*Problemi adolescenziali*

*Agosto 1992-febbraio 2004* Gravi disturbi legati all'alimentazione, con alternanza di fasi anoressiche e bulimiche.

*Agosto 1991-oggi* Tendenza a considerare interessante un uomo soltanto nella fase della conquista, per un terrore dell'attaccamento a cui la condannano gli abbandoni che in diverse forme ha subìto (vedi alla voce *Traumi*).

*Madre*
Luigia Cocciolone (Moscufo, 1946)

Nata in una famiglia di pasticcieri in un piccolo paese in provincia di Pescara, ottiene la licenza media e da quel momento aiuta i genitori nel negozio. È lì che la nota Giuseppe (vedi alla voce *Padre*). I due si sposano e si trasferiscono a Pescara per la fiorente attività di Giuseppe, che progressivamente porta la coppia a godere di un benessere economico molto superiore a quelli che erano i presupposti di entrambi. Benessere a cui tuttavia Luigia non si abituerà mai, decisa a contribuire al reddito familiare con un impiego alle Ferrovie dello Stato, e votata intimamente com'è al sacrificio. Divenuta madre, questa sua caratteristica viene accentuata dal temperamento della Candidata, per Luigia francamente incomprensibile. Sognava difatti una bambina a cui insegnare a stendere la pasta o a lavorare all'uncinetto, ma è costretta a gestire una figlia che ha difficoltà a mangiare, a dormire e che desidera parlare con lei di questioni astruse: ciò la smarrisce e la induce, per istintiva reazione, a essere con la Candidata ancora più coercitiva di quanto lo sia con se stessa.

Quando però Giuseppe le rivela di provare una forte attrazione per un'altra donna, la sua vocazione punitiva fine a se stessa trova nell'evidenza dei fatti la prima opportunità perché ella possa mettersi in discussione in maniera proficua: opportunità che Luigia rifiuta, preferendo allontanare all'istante il marito da casa, piuttosto che ammettere di non essersi più concessa a lui dopo la maternità e dare a Giuseppe la possibilità di esprimere i suoi limiti con altrettanta sincerità.

È senza uno scambio effettivo di emozioni e pensieri che i due, quindi, si separano ed è di nuovo senza uno scambio effettivo di emozioni e pensieri che i due, nel 2010, si ricongiungono, a seguito di un infarto che coglie Giuseppe e lo costringe a una lunga convalescenza, durante la quale Luigia dimostra al marito come una moglie poco incline alla passionalità possa risultare un problema a quarant'anni, ma a settanta sia una benedizione.

Naturalmente, non discute mai con la Candidata di argomen-
ti quali: il sesso, la disperazione, la felicità.
Le trasmette tuttavia un bene incondizionato e viscerale
che la Candidata, crescendo, impara sempre più a riconoscere, tradita come si ritrova a essere dal coniuge Lorenzo
Ferri (vedi alla voce *Esperienze sentimentali significative*),
rappresentante di un mondo intellettuale e artistico in cui,
fin da bambina, aveva riposto ogni speranza e che invece le
dimostra come sapere usare le parole per accedere ad ar-
gomenti quali il sesso, la disperazione e la felicità non signi-
fichi necessariamente vivere fino in fondo queste dimensio-
ni. Anzi.


*Padre*
Giuseppe Frezzani (Moscufo, 1944)

Nato anch'egli nel piccolo paese di Moscufo, da genitori entrambi operai, Giuseppe fin da bambino impegna tutto se
stesso al fine di migliorare la propria condizione economica.
Grazie a una borsa di studio, si laurea all'Università La Sa-
pienza di Roma in Medicina e si specializza in quella che al
momento si prospetta come una frontiera nuova e redditi-
zia: Odontoiatria. Durante una pausa estiva a Moscufo, incontra Luigia (vedi alla voce *Madre*).
Si trasferiscono insieme a Pescara, dove Giuseppe apre il
suo primo studio. Ne segue un altro a Roma.
Nonostante il tenore di vita si alzi, Giuseppe non arriva mai
a ritenersi un benestante: è piuttosto un povero con i soldi,
che continua a considerare l'impegno l'unico strumento per
difendersi dal caos che avverte nel mondo e dentro di sé. A
differenza della moglie, difatti, sotto l'apparenza castigata
egli nasconde una personalità passionale e nervosa: personalità che credeva di avere domato ma che la nascita della

Candidata, inaspettatamente, risveglia. Se Luigia è incapace di comprendere la figlia, quindi, Giuseppe è fin troppo atto a farlo. Ogni smania della Candidata, ogni dubbio precoce sono stati anche suoi, ma le ristrettezze in cui è cresciuto gli hanno imposto di ignorarli. Sollevata grazie a lui dall'angoscia di quelle ristrettezze, la figlia è invece libera di ascoltare gli smottamenti del proprio animo controverso e li persegue, addirittura, con furiosa decisione.

Anche perché inconsciamente contagiato da tanta scoperta emotività, Giuseppe, a 44 anni, anziché confrontarsi con le intemperanze del proprio animo libertino, dopo averlo soffocato, lo subisce e lo impone: incontra Helena (igienista dentale, 32) e decide di parlarne con Luigia (vedi alla voce *Madre*).

Il senso di colpa per avere abbandonato la famiglia, acuito dal sordo rifiuto che la Candidata oppone a Helena – ribattezzata con il poco cordiale appellativo di Malefica –, non permette tuttavia a Giuseppe di proseguire la relazione; da quel momento non è data notizia di nessun'altra donna al suo fianco, fino al ritorno con Luigia nel 2010 (vedi ancora alla voce *Madre*).

Laddove una temporanea rinuncia all'autocontrollo ha portato esiti tanto disastrosi nella sua vita, è con ammirazione mista a terrore che egli assiste al successo crescente della Candidata, che riesce persino a tramutare in una professione la scoperta emotività di cui sopra e a mantenersi grazie a quelle che egli non può esimersi dal giudicare, senza troppi giri di parole, sonore cazzate.

Con la stessa ammirazione e lo stesso terrore, Giuseppe assiste al percorso personale della Candidata: i suoi disturbi alimentari indignano e nel contempo affascinano chi, come lui, da bambino poteva contare su un solo pasto caldo al giorno e il suo matrimonio per amore con un uomo ancora più dissennato di lei lo spinge a riflessioni scomode sul suo rapporto con Luigia e sul senso dell'esistenza, in generale. Riflessioni che però Giuseppe tiene rigorosamente per sé: essendo, di fondo, l'unico uomo in grado di resistere – attraverso lo scudo di una razionalità resa ancora più inflessibile dalla rottura con Helena – all'uragano emotivo con cui la Candidata rischia di investire chiunque le si avvicini.

È anche per cercare di abbattere quello scudo che la Candidata, fino al penoso tracollo del suo matrimonio d'amore, è sempre stata propensa a cogliere nell'inafferrabilità di un uomo un motivo d'attaccamento anziché un invito a desistere? Probabilmente sì.

È dunque la Candidata tanto banale da potersi definire a lungo affetta da un insidioso complesso d'Elettra? Lo è.

*Esperienze sentimentali significative*

*Febbraio 2001-aprile 2011*   Convivenza e matrimonio con Lorenzo Ferri.

*Esperienze sentimentali marginali*

Nella media (18 ca).

Di qualche importanza, nella marginalità:

*Filippo Bernardi (30 marzo-10 aprile 1996)*   Compagno di classe della Candidata, è l'uomo con cui ella scopre il potere della vasta gamma di fenomeni legati agli organi della riproduzione, altrimenti detti sesso. Ella si accorge, immediatamente, quanto quell'abbandono possa essere un prodigioso

rimedio alla fatica di esistere. Nel contempo, tuttavia, scopre anche quanto le risulti difficile considerare chi le permette quell'abbandono un complice, anziché un nemico.
Dopo nemmeno due settimane, difatti, avendo esplorato
con il Bernardi numerose modalità per accedere al miracoloso abbandono, comincia a trovare insopportabile il modo in
cui egli fa rotolare la erre. E lo lascia (vedi alla voce *Modalità
generica di uscire da una relazione*).

*Gunther Bloch (agosto 1998)*  Inviato di guerra per un quo-
tidiano tedesco. La Candidata lo conosce a Shimla, in Tibet,
nel primo dei numerosi viaggi dai quali la sua anima in pena
avverte di trarre dei benefici (pari solo a quelli che le procu-
ra il miracoloso abbandono di cui sopra). Partiti entrambi
per una vacanza solitaria, i due si incontrano, affrontano
insieme l'impervio trekking per la scalata dell'Himalaya e
vivono giorni così sublimi da spingere la Candidata a carez-
zare il progetto di proseguire gli studi universitari a Berlino.
Progetto sfumato nell'esatto istante in cui il suo aereo da
Nuova Delhi decolla per tornare a Roma: la Candidata trova
nel portafogli un'appassionata lettera di Gunther accompagnata da un biglietto per Berlino e viene assalita da quello
che un medico presente a bordo, dopo averla soccorsa e
fatta rinvenire, diagnostica come attacco di panico.

*Riccardo Cordaro (giugno-ottobre 2006)*  Biologo, specia-
lizzato nello studio di fondali marini. È il primo uomo con cui
la Candidata si ritrova a tradire Lorenzo Ferri, per difendersi
dalle estenuanti provocazioni a cui amarlo ed essere da lui
ricambiata la sottopongono. Gli incontri con Riccardo si li-
mitano a sei, ma la Candidata rimane incinta. Perderà il
bambino dopo cinque settimane, senza avere l'opportunità
di essere lei a decidere se dare corso a quella gravidanza.

*Formazione*

Undici anni di psicoterapia con la dottoressa Mina La Scala.

*Conoscenza della lingua straniera degli altri esseri umani*

Ottima in teoria, tanto da diventare il punto di forza di un'attività professionale basata proprio sulla capacità istintiva della Candidata di creare un contatto con le intenzioni e le fragilità delle persone che intervista. Compromessa nella pratica, dove la teoria viene troppo spesso offuscata dall'eccessiva passionalità della Candidata, quando una situazione non prescinde da lei ma la coinvolge direttamente.

*Modalità generica di entrare in una relazione*

Irruente e contraddistinta da una sorta di rapimento, sensoriale e/o intellettuale.

*Modalità generica di uscire da una relazione*

Irruente e contraddistinta da un ritorno della Candidata alle proprie facoltà razionali, che improvvisamente disconoscono e sostituiscono il mistero del suddetto rapimento con l'allarme della possibilità di nuove sofferenze, eccezion fatta per la tuttora fumosa fine del matrimonio con Lorenzo Ferri (vedi alle voci *Esperienze sentimentali significative* e *Affetti collaterali*). È il Ferri che, a seguito di una prolungata crisi, anziché affrontarne prodromi e degenerazioni, una mattina abbandona il tetto coniugale (vedi alla voce *Traumi*), convinto che il suo gesto possa annoverarsi semplicemente fra le innumerevoli provocazioni che i due sono usi lanciarsi. Per la Candidata non è così: abituata, fino all'incontro con il Ferri, a uscire da una relazione ancora prima di entrarvi realmente, in nome della salvaguardia del proprio equilibrio (vedi alla voce *Esperienze sentimentali marginali*), viene annichilita dall'improvvisa diserzione dell'unico uomo a cui, anziché darsi in prestito, si era consegnata. Prega dunque il Ferri affinché sia lui a fornirle nuove motivazioni per restare insieme: il Ferri reagisce con una lunga dissertazione, fine a se stessa seppure obiettivamente geniale, sull'inconciliabilità fra impegno e amore, sicché la Candidata non riesce a dare fiducia al proseguire del rapporto. Ma nemmeno a troncarlo in maniera definitiva (vedi ancora alla voce *Affetti collaterali*).

*Figli*

Nessuno.
Dal 2006 al 2008, con l'ex coniuge Lorenzo Ferri e gli altri condomini del suo stabile, partecipa a una sorta di adozione collettiva di Mandorla, la figlia di Maria (vedi alla voce *Traumi*). Nei suoi evidenti aspetti controversi, l'adozione si rivela efficace anche in ragione degli sforzi della Candidata: oggi Mandorla ha 22 anni e lavora in una casa editrice specializzata in fumetti a Lisbona, dove risiede con il compagno Matteo Barilla. Felicemente.

*Affetti collaterali*

Un rapporto di difficile definizione con l'ex coniuge Lorenzo Ferri, con cui, una volta firmata la separazione, non è in grado di passare alla fase del divorzio. "È molto più di un amore quello che c'è stato fra noi, e quindi con la fine dell'amore non può finire," afferma, a tale proposito, la Candidata. "Lorenzo sono io," aggiunge, per quella cieca fiducia nella fantasia (vedi alla voce *Infanzia*) che talvolta la porta a parafrasare i personaggi dei suoi scrittori preferiti (in questo caso, la Catherine di Emily Brontë) per dare voce a quello che più la tocca e che altrimenti non sarebbe in grado di esprimere con tanta precisione.

*Tony, 35; Elisa, 39; Greta, 42; Michele, 46*: con la Candidata formano un gruppo di amici profondamente legati fra loro, che ella ribattezza l'Arca Senza Noè, per lo smarrimento che li accomuna e una grottesca resistenza che, nonostante l'età, essi oppongono ad assumersi fino in fondo delle responsabilità e, dunque, a crescere.


*Referenze*

"Lidia è l'unica persona che riesce a interessarmi quasi quanto i cazzi miei. Questo non toglie che io consideri il suo continuo fibrillare molto dannoso per gli altri e per se stessa: poveraccia, è affetta da una voracità d'amore che niente sfamerà mai. Personalmente confido che, con l'età, si convinca di non essere affatto portata per quella vita di coppia da cui con i miei comportamenti, sicuramente un po' stronzi, l'ho però sempre messa al riparo" (Lorenzo Ferri, scrittore).

"Une fille totalement dangereuse. Pazza!" (André Copienne, surfista).

"Una persona autentica, sinceramente anticonformista e molto complessa, capace di straordinaria leggerezza, ma vittima troppo spesso di paure legate all'intimità che la portano a precipitarsi dentro, a cadere in balìa del più assoluto sconforto e di un insidioso narcisismo delusivo" (Mina La Scala, psicoterapeuta).

"È una stronza figlia di papà: prima ti travolge di passione e ti fa sentire un dio. Poi, appena sei suo, ti molla" (Gunther Bloch, giornalista).

"A volte è un po' brutale quando ti dice quella che lei si è convinta sia la verità. Lo fa per il tuo bene, ma insomma... Potrebbe usare altri modi. Però, di fatto, nessuno come lei riesce a farti sentire capito" (Greta Aquilano, maestra d'asilo).

"È la prima vittima dei suoi sbalzi d'umore e del suo bisogno di entusiasmarsi" (Tony Santini, regista di programmi radio e tv).

"Una specie di hippie, molto generosa (anche a letto), ma parla troppo" (Frank Peperoni, cameraman della seconda edizione di *Tutte le famiglie felici*).

"Con Lidia per casa, non correvo mai il rischio di rimanere da sola. Parlava sempre, Lidia. Ininterrottamente. E avevo la sensazione che non lo facesse perché aveva tante cose da dire a me: ma più che altro perché ne aveva troppe da buttare fuori di sé. Come se a tenerle dentro si sentisse scoppiare" (Mandorla, vedi alla voce *Figli*).

CURRICULUM VITAE AMATORIAE
di
PIETRO LUCERNARI

nato a Palermo il 20 ottobre 1969
residente in via Federico Ozanam 10, Milano
348/316842
presidenza@liceosocrate.eu

*Traumi*

*Giugno-novembre 1984*  Malattia con rapido decorso e morte della madre.

*Ottobre 1985*  Suicidio del padre.

*Settembre 2002*  Brusca fine della relazione con Celeste Troise.

*Febbraio 2014*  Crisi mistica dell'ex coniuge Elisabetta Verde.

*Infanzia*

Contrassegnata dalla promessa che la vita può essere un'esperienza straordinaria – promessa che il Candidato riceve subito e inconsciamente dalla dedizione esclusiva e appassionata, istintiva e intuitiva, altrimenti detta amore, fra i suoi genitori. Trascorre i primissimi anni di vita fra Palermo, dove il padre sta terminando gli studi universitari, e Favignana, l'isola dove la madre è nata e dove il Candidato, durante le vacanze estive, viene affidato alle cure amorevoli dei nonni materni. *Io sono un bambino di carattere lie-*

*to*, scrive, invitato dalla maestra delle elementari a descriversi in un pensierino. È questo l'unico documento di cui vi sia traccia in grado di testimoniare uno stato d'animo del Candidato, che, nonostante la grazia a cui da bambino ha accesso, fin dalla più tenera età mostra un'evidente riluttanza a esprimere ciò che sente e/o pensa. Il documento evidenzia anche la propensione del Candidato a favorire termini desueti rispetto ad altri più corrivi: sono sempre i nonni materni, soprano di discreta fama lei ed esimio latinista lui, a stimolare il nipote con suggestioni linguistiche che non prevedono forma alcuna di sciatteria o banalità. Una vaga nostalgia per loro è l'unico accenno d'ombra che cala sui giorni del Candidato quando, a otto anni, si trasferisce con i genitori a Milano, per ragioni legate all'attività del padre. Ma l'armonia che respira in casa rimane invariata, come invariati rimangono il suo profitto scolastico, decisamente superiore alla media, e la mitezza di un carattere che, seppure introverso, lo rende facilmente accettato e benvoluto dai coetanei.

*Problemi adolescenziali*

*Settembre 1986-giugno 1997* Dipendenza sessuale, masturbazione compulsiva e priapismo.

*Giugno 1984-oggi* Tendenza a rimuovere la sofferenza, anziché affrontarla: abitudine che progressivamente porta il Candidato a chiudere ogni contatto anche con il resto delle emozioni, se non per brevi e/o illusori periodi (vedi alle voci *Esperienze sentimentali significative* e *Figli*).

## Madre

Clelia Grammatico (Favignana, 1949-Milano, 1984)

Unica figlia femmina di una delle famiglie più in vista della Sicilia, Clelia cresce a Favignana, in una suggestiva dimora a picco sulla baia di Cala Azzurra. *Ho conosciuto una ragazza bella come una dea, spontanea come un ragazzo e cara come un angelo*, scrive sul suo diario Salvo (vedi alla voce *Padre*), la sera di giugno del 1967 in cui la vede seduta al tavolino di un bar in via Libertà, a Palermo, rimanendone all'istante ammaliato. Dopo un corteggiamento assiduo, ma che Clelia non giudica mai invadente, nella notte del 14 settembre, durante i festeggiamenti a Favignana per il Santissimo Crocifisso, ella gli si concede e, pochi mesi dopo, accetta di sposarlo; i due si stabiliscono indi a Palermo, nel palazzetto di famiglia che i genitori della ragazza mettono loro a disposizione. Senza avvedersene e in maniera progressiva, i giovani sposi smarriscono nella loro unione le reciproche identità fino a spartirsi caratteristiche che dovrebbero coesistere in ciascun essere umano: l'equilibrio, di cui si fa garante il futuro padre del Candidato, e il vitalismo, di cui si fa garante la futura madre. La prima foto in cui lo stato interessante di Clelia diventa un'evidenza viene scattata nel cortile dell'Università di Palermo, dove ella e Salvo si trovano in quanto promotori del movimento di occupazione studentesca. Ma, divenuta madre, Clelia sposta l'intera esuberanza delle sue energie alla manutenzione del buonumore del nucleo familiare. Trasmette così al Candidato il piacere per l'aria frizzante del mattino, il gusto per la musica e l'attenzione che per lei merita tutto ciò che è effimero, affidando al marito e ai genitori la gestione delle questioni sostanziali dell'educazione del piccolo. Trasferitasi a Milano, non perde in nessun modo la sua *joie de vivre* e viene anzi stimolata da musei, gallerie, librerie e frequentazioni che la grande città offre e che ella gradisce condividere con il Candidato, man mano che egli si fa adolescente.

L'amore per il figlio, nella sua fisiologica ineffabilità, non rischia comunque mai di distrarla da quella che è e rimane la sua vera, unica passione: il marito. È a lui che pensa, ancora prima che a se stessa o al Candidato, quando, a trentacinque anni, le viene diagnosticato un tumore alle ossa allo stadio avanzato. Ed è a lui che pensa, ancora prima che a se stessa o al Candidato, quando chiude gli occhi, in un freddo pomeriggio di fine novembre e per sempre.


*Padre*
Salvo Lucernari (Palermo, 1947-Milano, 1985)

Nato in una famiglia della media borghesia palermitana, Salvo dimostra da subito una fermezza di pensieri e di opinioni non comune, che tuttavia non gli preclude nessuna apertura mentale ma garantisce a chi lo circonda equilibrio e serenità.

Detta qualità lo conduce alla conquista dell'unica donna (vedi alla voce *Madre*) che, per usare una sintesi abusata ma pur sempre efficace, egli ama e amerà nel corso della sua, purtroppo breve, esistenza.

Dal 14 settembre 1967 (vedi ancora alla voce *Madre*), per Salvo non ha difatti inizio solo una relazione, bensì anche e soprattutto una nuova modalità di rapportarsi a se stesso e al mondo, altrimenti detta condizione di simbiosi.

Studente brillante di Architettura, abbraccia gli ideali comunisti con la cauta passione del sognatore concreto qual è e, fin dai primissimi anni d'età del Candidato, gli comunica l'importanza di valori quali il rispetto, l'uguaglianza e l'attenzione per i più deboli. Gli agi del palazzo di famiglia a Palermo e della residenza estiva dei Grammatico a Favignana (vedi alla voce *Infanzia*) non consentono al piccolo Pietro una reale comprensione degli insegnamenti paterni, che tuttavia rimarranno sempre presenti in lui sotto forma di una gentilezza diffusa, ma fine a se stessa, e di una curiosità spiccata per ogni espressione di diversità, vera dote del Candidato.

A Milano, pur con l'incrementarsi della sua attività professionale, Salvo non viene meno ai suoi doveri di padre e tenta di irrobustire il carattere del Candidato, all'apparenza sostenuto, ma in realtà trattenuto, da una esagerata riservatezza.

Tuttavia, ai primi sintomi della malattia di Clelia, a cui segue l'inappellabile diagnosi, la forza d'animo di Salvo vacilla: e senza il contrappunto del vitalismo della moglie, il suo equilibrio rivela la propria inanità. La madre di Clelia, nonna del Candidato (vedi alle voci *Infanzia* e *Madre*), viene in soccorso della giovane famiglia e si trasferisce a Milano. Nel frattempo, il nonno del Candidato, confuso dagli eventi, trova nel poker un motivo di conforto.

Conforto che, alla morte di Clelia, Salvo non trova in nulla. Nemmeno nell'affetto per il Candidato, che in quei mesi è dunque chiamato ad accettare, contemporaneamente al gravissimo lutto, l'evidenza di valere ben poco. Tanto più dopo il mattino del 1985 in cui si sveglia e trova il padre in garage, seduto in macchina al posto che era solita occupare la moglie, senza vita. Sul tavolo della cucina, Salvo lascia un biglietto: *Ti amo*. Lo scrive appena prima di dirigersi verso il garage e la sua ultima speranza è che il figlio pensi che quel biglietto sia per lui. L'ultima consapevolezza è che l'ha scritto per Clelia.


*Esperienze sentimentali significative*

*Giugno 1994-settembre 2002*  Relazione con Celeste Troise. Il Candidato, a seguito del suicidio del padre, viene accudito dalla nonna materna, trasferitasi stabilmente a Milano. All'elaborazione della doppia tragedia, si aggiunge per Pietro la necessità di fare fronte al brusco cambiamento di status economico e sociale imposto dai debiti di gioco che il nonno materno in pochi anni contrae: vengono difatti venduti il palazzetto di famiglia a Palermo e, in seguito, l'appartamento di Milano e la dimora di Favignana (vedi alla voce *Infanzia*). Il Candidato si iscrive quindi alla facoltà di Lettere e Filosofia e abita in uno studentato. Se il profitto negli studi permane su un livello superiore alla media, la sua condotta morale, fino a quel momento ineccepibile, si fa trasandata. Anziché accettare la sensazione sconosciuta e terrifica di smarrimento e angoscia – altrimenti detta dolore – di cui si ritrova in balìa, il Candidato opta per la distrazione da sé garantita dalla vasta gamma di fenomeni legati agli organi della riproduzione, altrimenti detti sesso. La rabbia indistinta che nutre per l'esistenza si sfoga pertanto in una lunga e ossessiva serie di esperienze con il genere femminile, tese esclusivamente al godimento fisico. Godimento che, anno dopo anno, lascia il posto a una compulsione priva di qualsivoglia finalità.

Tale preambolo si è reso necessario per la comprensione dell'incontro del Candidato con la suddetta Celeste Troise, sua collega di dottorato in Archeologia. Celeste, ragazza di estrema sensibilità, intravede nei comportamenti del Candidato il sintomo di una sofferenza profonda e non l'effetto di un disinteresse per il prossimo: grazie a lei, lentamente ma progressivamente, non solo Pietro impara a razionalizzare e direzionare i propri impulsi, ma sperimenta anche quello che il legame fra i suoi genitori gli ha impedito di sperimentare durante l'infanzia, ossia ritrovarsi oggetto privilegiato di un'attenzione. La lusinga di abbandonarsi a quanto di sconosciuto e profondo prova è forte per il Candidato: ma esclusivamente con Marianna (vedi alla voce *Fi-*

*gli*), anni dopo, egli si ritroverà a cedere a detta lusinga. Con la Troise, difatti, il Candidato è sì chiamato ad abbassare le difese che la sua vita solitaria oppone a nuovi attaccamenti (e nuovi, relativi, potenzialmente tragici esiti) ma, al dunque, nega a quella relazione lo sviluppo naturale che, dopo quasi dieci anni, la convivenza fra i soggetti prevederebbe.

Proprio come il padre, anche Celeste si accomiata indi dal Candidato con uno scritto, in questo caso diretto a lui senza alcun dubbio e accompagnato da una chiave: "Questa è la chiave di casa mia. Nostra, se e quando ti deciderai a scegliere davvero di stare con me. In quel caso sai dove trovarmi. Altrimenti, io non posso più essere complice delle tue ossessioni". Resta ignota anche al Candidato stesso la sua reazione immediata a questa lettera. Ma dopo otto giorni egli prende la decisione di porre fine alla carriera universitaria e alla ricerca storico-archeologica che fino a quel momento aveva condiviso con la Troise e che tanto lo ha coinvolto; si reca al ministero per compilare i moduli per l'esame di abilitazione all'insegnamento alle superiori e in fila incontra Elisabetta (Betti) Verde. Da quel giorno non cercherà e non avrà più notizie della Troise, imponendosi di non rivolgerle neppure un pensiero e non facendone menzione con nessuno. Mai.

*Settembre 2002-febbraio 2014* Convivenza e matrimonio con Betti Verde, anch'ella rimasta precocemente orfana di ambedue i genitori e perfetta complice del Candidato nel perseguimento di una confortevole disperazione, per entrambi più sopportabile di un'accidentata felicità. A cui però ora il Candidato, seppure inconsapevolmente, si ritrova a mirare dopo la crisi mistica che travolge la Verde, dimostrando a lei e all'ex coniuge come il pulsare dell'esistenza – che lo si voglia chiamare Dio o no – travolga tutti. Comunque.

*Esperienze sentimentali marginali*

Numerose (300 ca, vedi alla voce *Problemi adolescenziali*).


*Formazione*

Due mesi di psicoterapia imposti dalla nonna materna a seguito della tragedia familiare che lo investe (vedi alle voci *Traumi*, *Madre* e *Padre*), interrotti dal Candidato che preferisce fare capo ai propri turbamenti in altro modo (vedi alla voce *Problemi adolescenziali*).


*Conoscenza della lingua straniera degli altri esseri umani*

Il Candidato mostra in teoria una buona predisposizione, ma nella pratica non si impegna, preoccupato com'è di difendere la propria lingua da un'eventuale contaminazione (vedi alla voce *Traumi*).


*Modalità generica di entrare in una relazione*

Cieca: tanto nella costruttiva relazione con Celeste Troise, quanto nel fallimentare matrimonio con Betti Verde (vedi alla voce *Esperienze sentimentali significative*), il Candidato non decide di cimentarsi, bensì si ritrova – per un inconscio bisogno di dare una svolta al proprio destino, nel primo caso, e per un inconscio bisogno di paralizzarlo, nel secondo.


*Modalità generica di uscire da una relazione*

Apparentemente e in entrambi i casi (vedi sempre alla voce *Esperienze sentimentali significative*) il Candidato subisce l'abbandono. In realtà è fin troppo ovvio, per i soggetti coinvolti, che sia lui a provocarlo: per un'inconscia paura di vivere e di amare pienamente nel primo caso e per un'inconscia paura di morire senza avere amato pienamente nel secondo.


## Figli
Marianna (Milano, 31 luglio 2003)

A dare una risposta alle incipienti domande del Candidato sul senso del matrimonio con Betti Verde, a pochi mesi dal loro primo incontro, arriva l'evento capace di penetrare, giorno per giorno e in maniera inesorabile, la corazza solipsistica che Celeste Troise aveva cominciato a scalfire: la nascita della figlia Marianna. Il Candidato, da persona compromessa qual è e da partner discutibile, si rivela padre attento e curioso, tanto più a seguito della separazione da Betti Verde e della penosa causa per l'affidamento della minore.

Marianna eredita dal Candidato una riluttanza a esprimere le emozioni, ma, a differenza dei genitori, se non addirittura per reazione a essi, mostra una spiccata frenesia di vivere: caratteristica che porta il Candidato a sentirsi misteriosamente protetto dall'infante che protegge. Allertato tuttavia sui pericoli di un rapporto simbiotico tra familiari (vedi alle voci *Madre* e *Padre*), egli, trasferitasi la Verde nella foresteria delle consorelle dove tuttora risiede, non cede alla tentazione di sostituire l'ex coniuge con la figlia e si mostra disponibile a incontri con esponenti dell'altro sesso. Incontri che risultano fino a questo momento episodici e senza prospettiva alcuna, per una mancanza di interesse che il Candidato avverte in sé dopo il primo appuntamento e per uno scrupolo che, nonostante le intenzioni, egli nutre nei con-

136

fronti della figlia, il cui equilibrio, comunque, rimane per lui l'assoluta priorità.


*Affetti collaterali*

I tre fantasmi di chi lo ha suo malgrado abbandonato, la cui scomparsa il Candidato ha rimosso anziché elaborare:
1) La madre.
2) Il padre.
3) Celeste Troise.


*Referenze*

"Pietro è un uomo egoista, ma di fondo gentile. Dio mi ha permesso di perdonarlo, anche in nome della serenità di nostra figlia, per tutte le volte che non mi ha ascoltata quando ne avevo bisogno e per tutte quelle che ha fatto l'amore con me quando non ne avevo voglia" (Betti Verde, laica consacrata).

"Dovrei odiarlo. Ma l'ho amato troppo, al punto che ho chiamato come lui il primo dei miei cinque figli, sperando che, assieme al nome, fossero sue anche la tenerezza dei modi e dei pensieri di Pietro, la curiosità, la capacità d'ascolto e la profondità dei sentimenti – pari solo, poverino, al travaglio che gli costa provarli. Si dice troppo spesso che gli uomini non cambiano: Pietro no. Pietro sa cambiare. L'ho visto con i miei occhi trasformarsi da sessuomane compulsivo al più appassionato e fedele degli amanti. Il suo enorme problema è che, impaurito com'è dalla vita, considera questa sua innata spinta al miglioramento non un vantaggio, ma un limite. Se solo consentisse a quello che ha dentro di uscire, potrebbe regalare moltissimo a chi gli sta accanto e, soprattutto, a sé" (Celeste Troise, professoressa di Archeologia Medievale alla Scuola Normale di Pisa).

"Ha modi carini e non ti fa sentire un oggetto come fanno tutti gli altri, mentre fa sesso con te. Resta comunque il classico stronzo che dice di essere in crisi con la moglie ma non la lascerà mai, e dalle altre donne cerca sempre e solo quel minimo di conforto per tirare avanti" (Valentina Cervoni, erborista).

"Come preside è il massimo, da quando è arrivato lui la scuola funziona alla grande e si è aperta a tantissime nuove iniziative. Come uomo, invece, è senz'altro interessante, con quelle mani grandi e quello sguardo intelligente... Ma di fondo mi pare così triste! È proprio per questo che, quando ci ha provato, io non ci sono stata (ma anche perché sono felicemente fidanzata). Comunque ho apprezzato il fatto che, dopo il mio rifiuto, lui non abbia cambiato atteggiamento con me e sia rimasto corretto e rispettoso" (Kate Wright, professoressa di inglese).

"Il mio papà è tutto scombinato e io per questo lo amo" (Marianna Lucernari, studentessa).

Potrebbero scambiarseli, sì.

Ma nemmeno questa sarebbe una garanzia per non tornare a farsi male.

Non basterebbe, per proteggerli dall'altissima probabilità che un giorno l'amore finisca e il numero si riveli.

La sola garanzia sarebbe smetterla subito, appunto.

Soprattutto per due traumatizzati come loro, due figli unici a prescindere, due che dal futuro sono ancora in convalescenza.

La scelta opportuna sarebbe salutarsi affettuosamente, dirsi buona fortuna e non avere mai più a che fare l'uno con l'altra, se non per gli auguri di compleanno magari, un messaggio ogni tanto, un saluto, spero tu stia bene, divertiti quest'estate, grazie anche tu.

E allora è incoscienza? O coraggio, quello che adesso non li fa sentire un potenziale numero, ma finalmente di nuovo Lidia e di nuovo Pietro, stupidamente Pietro e stupidamente Lidia, e li infila in un letto, di notte, allacciati, dopo avere fatto l'amore una volta, avere fatto l'amore un'altra volta e li fa scivolare nel sonno e dormire, ma dormire parlando?

"...allora mia madre mi ha risposto: 'Andiamo a prendere un gelato, dai'."

"E tu?"

"In quel momento ho scoperto che mi sarei sempre sentita sola. E che l'unica soluzione sarebbe stata sposare mio padre..."

"...ma la soluzione è diventata il problema."

"Appunto."

"Però in 'tutte le famiglie felici' il confine fra soluzione e problema è piuttosto labile. Non credi?"

"Probabilmente sì. Ma allora quell'espressione è davvero solo un ossimoro."

"Perché 'solo', un ossimoro? Non c'è tutto, in un ossimoro?"

"Giusto..."

"Sai?"

"Cosa."

"C'era una ragazza. Si chiamava Celeste. E credo di averla amata."

"..."

"..."

"È brutale che le persone che amiamo si trasformino in passato."

"..."

"È di Javier Marías."

"..."

"..."

"Vedi? Dopo la morte dei miei, avevo maturato un estremo bisogno di abitudini e quando Betti se n'è andata lì per lì ho temuto di impazzire, senza il ritmo che quella situazione imponeva alle mie giornate."

"Il mio dramma invece è che mi drogo di emozioni forti, e Lorenzo e il mio programma me le assicuravano. Ero sicura di non resistere, senza, eppure da quando mi sono trasferita qui a Milano e ogni giorno mi ritrovo a fare le stesse cose, gli stessi piccoli rituali cretini... Boh. Mi si sta come curando qualcosa, dentro."

"...Ma in realtà a mancarmi erano proprio le emozioni forti che da quando è finita con Celeste non avevo più provato."

"Pietro?"

"Sì?"

"Mi stai dando una specie di centro."

"E tu dove hai nascosto la mia armatura? Non la trovo più. 'Me protegge, me difende un poter maggior di loro. È il pensier di lei che adoro.'"

"..."

"Felice Romani. Seconda scena del primo atto di *Norma*."

"Non mi toccare così, dai, lo sai che se mi tocchi così poi..."

"È quello che voglio."

"Ancora?"

"Ancora."

Ancora.

"Mi sembrava di avere il corpo pieno di sabbia, ormai."

"Anche a me."

"Invece."

"Invece."

*Sono due anni di seguito che i colleghi mi fregano, si fanno una settimana in una capitale europea e a me rifilano la prima per la gita di due giorni a Roma, pensa Kate.*

*Ma tutto sommato è il segno che io ho una vita di cui sono soddisfatta, mentre gli altri non vedono l'ora di evadere, con-clude, quando finalmente, dopo una coda interminabile, tocca alla sua classe entrare.*

*"Ragazzi, ora fate attenzione però: questa è la meraviglia di Michelangelo, non capita tutti i giorni di trovarsi davanti a qualcosa del genere."*

*"Professoressa Wright, possiamo fare una foto?"*

*"No, non vedi che cosa c'è scritto sul cartello? E poi, su, provate a concentrarvi su quello che state vivendo."*

*Kate non riesce a concepire questo vizio di vivere sempre di scarto, o un attimo prima o un attimo dopo. Perché scattare su-bito una foto, anziché godersi il tu per tu con quel capolavoro? Per riguardarla un domani, quando l'oggi sembrerà mitico, grazie al semplice merito di essere diventato ieri?*

*Ma anche in questo caso deve ringraziare Tommaso: è la storia con lui che le ha dato modo di scoprire il valore del qui e ora. Glielo dà giorno dopo giorno, anno dopo anno.*

*"Professoressa, perché la Madonna, pure se è la madre, pare una bambina e Gesù pare un vecchio?"*

"Perché le persone vergini senza essere contaminate si mantengono e conservano l'aria de 'l viso loro gran tempo, senza alcuna macchia, e gli afflitti come fu Cristo fanno il contrario."

Kate non ha fatto in tempo a rispondere: ha risposto per lei un tipo brizzolato, naturalmente elegante, con gli occhi veloci, che brillano.

"Non sono parole mie, ovvio. Lo scrive il Vasari," spiega.

"Lei è una guida?" domanda Kate.

"Sono solo un appassionato che avverte spesso l'aspirazione a stabilire un contatto con la bellezza che si pone come assioma. Ma mi occupo di tutt'altro: sono uno scienziato."

"L'arte dovrebbe essere nemica della scienza..." Che cosa sto facendo, perché ho tirato fuori questa voce?, si chiede Kate. Quale voce? Questa. "O sbaglio?" Una voce scema.

"Si dà il caso che questa sia una visione piuttosto semplicistica del nostro lavoro, professoressa. Comunque, nello specifico, io studio il dolore: capirà che da certe tensioni della scultura di Michelangelo non si può prescindere."

"Certo..."

"Certo. Buon proseguimento." E si allontana. Dove? Dove va? Ma chi se ne frega. Chi se ne frega dove va! Kate ha chiaro solo dove vorrebbe essere lei, adesso: sul treno di ritorno a Milano. Perché è felice con Tommaso, è profondamente innamorata di lui e sa che non le farà mai mancare niente.

Niente.

Mai.

Dunque? Dunque deve liberarsi subito di quest'inopportuna e bugiarda pallina che all'improvviso sente muoversi sotto le costole. All'altezza della pancia.

Finché, se adesso è adesso, arrivano loro. Parole nuove, parole mai usate.

Si scrivono andando al lavoro, di mattina presto.

Da: presidenza@liceosocrate.eu
Data: 10-maggio-2015 07:16
A: lidia.frezzani@tin.it
Ogg: Stella

Ti ho lasciata che ancora dormivi e sono in metro seduto accanto a un ragazzo della mia scuola tutto intento a scrivere complicatissime formule matematiche. Gli ho chiesto cos'erano e mi ha detto che stava ripassando per l'interrogazione di geografia astronomica sull'equilibrio idrostatico di una stella. Mi sembra di avere capito che quest'equilibrio, ciò che le impedisce di frantumarsi in mille pezzi nello spazio, è una cosa molto delicata. E non so con esattezza che cosa c'entra, ma ora mi sembra di capirti un po' meglio.
Buona giornata,
P.

Si cercano per gli amici con cui non facevi che parlare di quando e come sarebbe stato adesso. Ma, adesso che è adesso, non sai più che cosa dire.

Da: lidia.frezzani@tin.it
Data: 24-maggio-2015 15:30
A: tony_santini@outlook.it
Ogg: Senza Noè

Tony mio,
ti avverto subito: questa è una mail d'amore. Nel senso che è d'amore che vorrebbe parlare, anche se l'amore non ha parole, proprio perché non ce le ha. È infatti delle parole che mi mancano che ho proprio bisogno di parlarti. Perché ieri mi hai scritto: "Dove sei finita? Ti hanno rapito gli alieni? L'Arca Senza Noè mica si abbandona così, almeno una cerimonia d'addio ce la devi concedere!". E lo so che scherzavi. Ma so anche che no, non scherzavi fino in fondo. Infatti hai ragione: non sono su un'altra galassia, sono solo a Milano, a tre ore di treno da Roma. Ma il punto è che a me sembra davvero di essere stata rapita: se non dagli alieni, da qualcosa che comunque non riconosco, non ho gli strumenti per decifrare. Ho la testa appannata, quel rosso buffone tutto sparigliato: insomma Tony, a tradimento, questa storia con Pietro forse sta diventando una cosa vera.
E conoscere VERAMENTE un'altra persona è un gran casino... Bellissimo. Ma è un gran casino. Quante volte noi dell'Arca abbiamo immaginato la vita, quando finalmente sarebbe toccata di nuovo a uno di noi? Quante? Bene, oggi so che anche a discutere fino a quel punto l'amore, dell'amore non si può sapere niente. Anzi, si rischia di perdere di vista ancora di più le sue regole: e l'unica valida è che quelle regole non ci sono. O meglio. Sono tante quanti siamo noi, e proprio questo mi ha rapito, vedi? Mi ha rapito lo sforzo che sto facendo per capire quali siano le regole con cui gioca Pietro. E lui si sta sforzando di capire le mie.

È un'avventura esaltante, è una fatica immane che si prende tutto: le ore in cui ero abituata a dormire, i pensieri che ero abituata a fare, le convinzioni su cui ero abituata a contare, le telefonate. E, oltre a prendersi tutto, si prende anche le parole per dirlo.

Perfino ora, che vorrei a ogni costo spiegarti come sto, mi accorgo che il senso profondo di quello che mi sta succedendo sfugge. A questa mail, per forza di cose tutta sbrindellata e senza né capo né coda, ma soprattutto a me. Come dire, Tony mio? Sotto le impalcature di quella che ero fino a qualche mese fa, si sta insinuando l'impressione che Pietro e io potremmo salvarci. Ecco, sì. Salvarci. Ma non l'un l'altro. Ognuno da se stesso, grazie all'altro.

Ogni tanto (l'ultima volta giusto ieri, mentre facevo la doccia) mi chiedo: "Davvero? Davvero ho incontrato un uomo che, se gli parlo del mio rapporto assurdo con Lorenzo, prova a comprendermi, anziché a giudicarmi?". E mi rispondo: "Ma perché? Noi che non abbiamo avuto la fortuna di farcela alla prima occasione, noi ammaccati, noi dell'Arca non possiamo incontrare una persona che ci faccia sentire un po' meno stranieri, un po' meno persi? E perché tutti gli altri sì, possono incontrarla, e infatti la incontrano? Quale forma di razzismo sentimentale impedisce che pure a noi possa capitare qualcosa di semplicemente giusto?".

Che il mio silenzio di questi mesi, dunque, non arrivi a te e agli altri come una diserzione, ma come una promessa: quello per cui ci danniamo a prepararci, con tutti i nostri discorsi, a un certo punto può succedere. E può succedere anche a noi, animali alla deriva. Su quell'Arca che non deve nemmeno azzardarsi a organizzarmi una cerimonia d'addio, perché, tra le infinite rivelazioni di questo periodo, c'è anche la certezza che rinunciare a Noè non sia una condizione temporanea, ma una condizione dello spirito. Con cui pure chi incontriamo deve fare i conti, proprio come sta provando a fare Pietro con me, mentre io provo a fare i conti con la condizione del suo spirito.

Ti penso, vi penso. Vi porto sempre con me, in questa traversata che pare solitaria ma in cui ho più che mai bisogno di sapere che ci siete.
Tua
L.

Le ha scritte con uno spray arancione fosforescente uno sconosciuto sul muro di fronte al liceo dove sei preside, stanno lì da anni, ma chissà perché solo ora ti sembrano scritte perché tu, proprio tu, possa passare di lì e leggerle:

ÉL SE ENAMORÓ DE SUS FLORES Y NO DE SUS RAÍCES,
Y EN OTOÑO NO SUPO QUE HACER

Te le ha dette tuo padre, il giorno della tua separazione, e solo adesso ti tornano in mente.

"Lidia, sappi solo che se d'ora in poi insisterai a cercare la felicità in coppia, sicuramente ti andrà male di nuovo."

Te le butta lì tua figlia, un lunedì come tanti, mentre tu ti fai la barba e lei asciuga col phon la sua siepe di ricci davanti allo specchio del bagno.

"Papà, ti sei fidanzato con la conduttrice televisiva?"
"Perché, Colibrì?"
"Perché quando arriva un messaggio sul tuo cellulare c'è sempre il suo nome sul display. E poi perché sei tutto diverso."
"Diverso come?"
"Diverso."

147

"Ma diverso bene o diverso male?"
"Diverso strano."


Si balbettano agli ex.

"Pronto?"
"Pietro."
"Betti."
"Volevo solo chiederti se, questa settimana, puoi portare Marianna da me giovedì sera, invece che venerdì: ci sarà una festa in parrocchia con i bambini della casa famiglia con cui partiremo quest'estate e mi piacerebbe presentarglieli."
"Ma certo."
"Ci vediamo giovedì, allora."
"...Betti?"
"Sì?"
"Sc...scusa."
"Scusa?"
"Sì. Scusa, Betti."
"Di cosa?"
"Di tutto."
"Non ti preoccupare, Pietro. Io prego per te. Buona giornata."
"Buona giornata."


Si soffiano agli amorieterni.

"Stitch?"
"Lilo."
"Come sta Efexor?"
"Gli si sta imbiancando il muso ogni giorno di più. E gli manchi."

"Manca anche lui a me. E mi manchi tu."

"Ma io ci sarò sempre, Lilo."

"Allora è davvero per questo che ci siamo lasciati? Per non lasciarci mai? Perché l'amore mette a rischio tutto, ogni giorno, e dire basta all'amore, come hai detto tu, è l'unica garanzia per non perdere mai la persona che ami?"

"Finalmente ci sei arrivata anche tu, incredibile..."

"Quindi l'amore è proprio una sciagura? E quello che ci è capitato non è capitato solo a noi due, capita sempre, capita a tutti, perché è nella sua natura, è nella natura stessa dell'amore il virus assassino?"

"Ma che ti è preso?"

"Mi è preso che forse, per la prima volta, capisco quello che tu hai sempre sostenuto. E capisco perché mi faceva tanto soffrire: perché noi due siamo uguali, Lorenzo. Davi voce a convinzioni e timori che erano e sono anche miei, ma se facevi tu la parte di quello che scappava, io potevo fare quella che ti correva dietro, quella che non opponeva nessuna resistenza, tanto ci pensavi tu a rovinare tutto... Mentre adesso, sai qual è la novità? Adesso qui nessuno scappa e il rischio è che a scappare sia io, come hai profetizzato tu la sera di Natale, ricordi?, e non voglio scappare, perché..."

"Va tutto bene, Lilo?"

"Va tutto benissimo. Ma anche male. Insomma, in certi momenti non capisco più niente."

"Vuoi raccontarmi cos'è che succede, nelle tue vibranti terre lontane?"

"..."

"..."

"Hai presente il padre separato di quella puntata di *Tutte le famiglie felici*?"

"Il pennellone con la ex moglie suora."

"Si chiama Pietro. Pietro Lucernari."

Si scrivono di notte, perché non riesci a prendere sonno.

Da: lidia.frezzani@tin.it
Data: 15-giugno-2015 01:33
A: presidenza@liceosocrate.eu
Ogg: Due cose

1) Non è vero che mi sono trasferita a Milano fino a dicembre per quel documentario sulle tre famiglie. Anzi, non esiste proprio nessun documentario. Mi sono trasferita a Milano per te. O meglio: per dare un'occasione a quello che sarebbe potuto succedere fra noi di succedere. E di farlo oltre i confini di quella che ho sempre chiamato la Vita Immaginata e dove mi sentivo ormai prigioniera, ma comunque protetta. Volevo capire se, nella Vita Quella Vera, con tutte le sue insidie, ci fosse qualcosa che magari mi riguardava. Che ci, riguardava.
Ora probabilmente starai pensando che sono una stalker, o ti sentirai oppresso dalla mia presenza qui a Milano. Ma fidati, ti prego: io non voglio niente che tu non voglia darmi, e pure in quel caso chissà se lo vorrei... Sono confusa quanto e più di te. Se Vita Quella Vera dev'essere, però, sentivo il bisogno di consegnarti anche l'unica bugia che ti ho detto. Perdonami: ma era il solo modo perché il nostro incontro non andasse a finire nel mucchio delle possibilità e diventasse quello che sta diventando. Cioè non lo so mica che cosa.
2) Credo di essermi innamorata di te. Anzi no. Ne sono piuttosto certa.

Parole nuove per raccontare te a lui, te a lei, te a tutti.
A te.
Prima che a tutti, le parole nuove raccontano un altro te a te.
Per questo invochiamo: adesso.
Per questo, adesso, arriva la paura.

Da quando si è conclusa la causa per l'affidamento, ormai due mesi fa, Pietro ogni venerdì sera porta Marianna da Betti, nella foresteria della parrocchia, e si trasferisce a casa di Lidia fino a domenica.

Ha una copia delle chiavi, e quando Lidia le sente girare nella toppa, anche se lo stava aspettando, o forse proprio per questo, è sempre presa da un leggero soprassalto. Così come a Pietro qualcosa strizza dentro, quando apre la porta e si trova quel viso che per tutto il giorno ha davanti agli occhi davvero davanti agli occhi.

Ogni volta, il venerdì mattina, per telefono ci provano.

"Stasera andiamo al cinema?"

"Domani andiamo a vedere quella mostra pazzesca, ché la settimana prossima finisce?"

"Ci alziamo presto e facciamo una gita in Liguria?"

Ma poi, appena sono insieme, riescono solo a parlare e a toccarsi, a fare l'amore e a parlare. Mangiano, dormono: del tutto casualmente. E la domenica pomeriggio li trova così.

Nudi, a letto.

"...allora la prima moglie di Michele è venuta a Roma per fargli un'improvvisata, ed è chiaro che è l'unica donna che gli sia mai interessata, ma proprio per superare la sua dipendenza, siccome ormai lei è sposata con un altro e non riesce a lasciarlo, quella sera lui è uscito con una tipa, e quando la prima moglie ha citofonato..."

"Lidia."

"Ti sto annoiando? Guarda che è una storia divertente, ora viene il bello."

"Non ne dubito."

"E allora?"

"Vedi, io non sono bravo come te a manifestare quello che penso."

Ma sì, ma sì che lo sei, gli dice Lidia. E per dirglielo gli bacia un occhio, gli bacia l'altro. Ma sì che lo sei. Lo fai solo a modo tuo. Come tutti. Con la differenza che tu pensi cose diverse da tutti. O comunque che a me sembrano così. Il che, appunto, le rende diverse.

"E quando dico 'penso', intendo quello che tu definiresti 'sento': lo hai capito, vero?"

Vero, Lidia lo ha capito. Quello che non capisce, però, è perché Pietro ora si sia messo seduto. Perché sia scivolato via dal suo abbraccio, ma soprattutto da quello soffice e stordito della notte che hanno passato e di questa mattina, e abbia preso un tono tanto grave. Un piglio tanto serio.

"Ascolta."

"Ti ascolto sempre, Pietro. Dimmi."

"La tua mail dell'altra notte mi ha emozionato."

"Dai, erano solo un paio di pensieri sparsi, non devi sentirti in dovere di aggiungere niente, è che la pagliacciata del documentario non riuscivo più a portarla avanti e dunque..."

"Anche io."

"Cosa?"

"Anche io mi sono innamorato di te." Ha bisogno di guardare l'armadio a muro di fronte al letto. Poi le prende una mano, le bacia un dito per volta. La guarda negli occhi e ripete: "Anche io".

152

Lidia sfila via la mano, gliela passa fra i ricci, guarda l'armadio a muro, lui, l'armadio a muro. E poi?

Dice: "Mi fa sempre ridere".

Proprio questo: mi fa sempre ridere, dice. E continua: "Mi fa sempre ridere che gli uomini riconoscono il valore di una donna solo quando cominciano a farci l'amore con una certa frequenza. Le donne, invece, hanno da subito ben presente chi è l'uomo che gli piace, infatti fanno cose pazze, si spostano da Roma a Milano pur di stargli dietro, e proprio quando cominciano a farci l'amore con una certa frequenza... tac! Gli sembra via via più indifeso. Più improbabile. Mentre agli occhi degli uomini le donne sono via via più credibili".

"Perché fai così, Lidia, adesso?"

Già: perché fa così, adesso? Non lo sa perché. Così come, poi? Era solo una battuta, la sua. Volevo semplicemente sdrammatizzare, perché le scene madri non fanno per me, sono troppo emotiva per sostenere le loro pretese: ma gli sarà evidente che quello che mi ha appena detto mi ha spezzato il fiato, no? Come a lei è evidente che Pietro ora è rimasto male per la sua reazione. E Lidia scopre, all'improvviso e con un certo terrore, che una parte di lei per questo si dispiace. L'altra no.

"Scusami. Davvero: scusami. Era solo una battuta. Una scemenza delle mie. Quando qualcosa ci tocca, tu rimani zitto e io parlo troppo e a sproposito, ormai lo stiamo imparando... Vieni qui."

Lo stringe a sé, si stringe a lui.

"Ti amo."

"Ti amo."

"..."

"Lidia?"

"Pietro."

"Vorrei che una di queste sere venissi a cena a casa nostra.

Da me e da Marianna, intendo. È sempre più insistente nel chiedermi di te, e forse è giunto il momento di farla partecipe del nostro affetto."

Giunto il momento. Il nostro affetto: fa ridere anche questo, a Lidia. Ma Pietro parla come un libretto di Verdi, si sa. E comunque, al di là del modo, le ha detto qualcosa di importante, no? Di molto importante. No?

"No, Pietro. Cioè, io non aspetto altro, lo sai... Ma avevamo deciso di essere cauti fino a dopo le vacanze e continuo a credere sia giusto così. Sarà già abbastanza spiazzante, per Marianna, la prima estate con la comunità di Betti." Si accende una sigaretta, anche se a Pietro dà fastidio che fumi a letto. Ma lui stavolta non sembra nemmeno accorgersene. "Ci manca solo che entri in confusione e mi veda come una mamma alternativa, cioè naturalmente come una minaccia, perché lei la sua mamma ce l'ha..."

"Mmm."

"Sarebbe bello invece che un domani mi vedesse, che ne so. Come una cugina. Un'amica più grande. O magari più piccola, a seconda dei giorni."

Pietro finalmente sorride.

"Non facciamo passi falsi."

"Hai ragione, Lidia."

"..."

"E tu?"

"Io che?"

"Tu che progetti hai, per quest'estate?"

Non ho progetti, ho solo voglia: voglia che, appena Marianna partirà per il campo estivo e andrà in onda l'ultima puntata di quest'edizione del programma, tu e io ci nascondiamo dal resto del mondo e per due settimane facciamo noi, finalmente noi e basta, non importa dove, pensava Lidia da mesi e fino a un istante fa.

Ma: andare in campagna da Lorenzo, si ritrova a pensare,

adesso. E poi, come al solito, affittare una casa in qualche angolo della Grecia con Tony, Elisa, Greta e Michele.

"Non ho ancora nessuna idea."

"Mi piacerebbe andare con te a Favignana."

"..."

"Non ci torno da quando è stata venduta la casa dove sono cresciuto... Non sono andato neanche ai funerali dei miei nonni."

"Davvero?"

"Già. Le prime volte che facevamo l'amore, avevo sempre bisogno di aggrapparmi a un ricordo legato a loro per esprimere quello che stavo vivendo: hai presente?"

"Certo."

"Ho realizzato che mi comportavo così perché tu mi fai lo stesso effetto che, da bambino, mi faceva l'estate su quell'isola."

"Cioè?"

"Cioè speravo che non finisse."

"Vieni qui," ripete Lidia. "Vieni qui."

Ricomincia a baciarlo, piano. Vorrebbe dirgli talmente tante cose, ma non gliene viene in mente nemmeno una. Anzi, una sì: è la fine del racconto sull'improvvisata che la prima moglie ha fatto a Michele.

Ma non lo sa mica perché è solo di quella cazzata che vorrebbe parlare, adesso.


Perché, dopo il primo impatto, ci avevamo preso gusto.

E certo.

Adesso sento di nuovo muoversi una pallina, sotto le costole, all'altezza della pancia.

Adesso le confido chi sono.

Adesso cerco di scoprire chi è.

Adesso uso parole nuove.

Adesso lo tocco come non ho mai toccato nessuno.

Adesso mi faccio leccare dove nessuno, mai.
Adesso sono nuovo, sono nuova.
Adesso magari cambio.
Cosa fai, scusa?
Magari cambio.
Cambi? Davvero?
Sì. Non ne potevo più di me.

...e noi?

Cosa?

...ci siamo anche noi!

Scusate, è che mi sto innamorando, ho la testa appannata, il corpo che era pieno di sabbia ora s'è riempito di sé e il rosso buffone è tutto sparigliato: non vi sento!

Ma come no?

Alzate la voce! Chi siete?

SIAMO LA TUA INFINITA
ADOLESCENZA, LE TUE
VERTIGINI, IL VUOTO,
I VIZI DEL TUO PENSIERO,
TUA MADRE, TUO PADRE,
GLI ALIBI, I SOLITI SCHEMI,
SIAMO I TUOI
ATTACCAMENTI PERVERSI:
VUOI DAVVERO
FARE A MENO DI NOI?
SE CI HAI FATTO
COMANDARE PER TANTO
TEMPO UN MOTIVO
CI SARÀ, NO? E LO SAI,
QUAL È IL MOTIVO?

# IL MOTIVO È CHE NOI SIAMO TE. TU SEI NOI.

Non ce l'aspettavamo, da questo periodo a forma di momento, da quest'adesso.

Non ce l'aspettavamo che fosse così debole da farci sentire ancora quelle voci.

Ma invece è proprio perché adesso è adesso, perché adesso è forte, che di quelle voci non può fare a meno.

Perché vincere facile non lo diverte.

Non gli serve, non gli basta.

E allora ecco che comincia a giocare pesante: e lo straordinario uomo, la favolosa donna che fino a un istante prima tirava fuori la parte migliore di noi, quella nuova, ci pare all'improvviso un mostro, ci pare una serpe. Perché tira fuori la parte migliore di noi. Quella nuova.

Grazie alla sua storia che non c'entra niente con la nostra e però ci riguarda.

Per colpa di quella storia che non c'entra niente con la nostra e così ci riguarda.

Difendersi, difendersi.

Bisogna difendersi.

Mandiamo una mail al francese che avevamo conosciuto quell'estate a Santa Cruz, quando credevamo di essere disperate e invece, a ripensarci, eravamo solo giovani e stupende?

Telefoniamo a quella professoressa d'inglese che a suo tempo ci ha rifiutati, ma negli ultimi giorni ha uno sguardo diverso, meno sicuro, e forse stavolta ci sta? O a quella psicologa conosciuta in chat che abbiamo rifiutato noi, ma che, a ripensarci, non era niente male?

No, dai, facciamo di meglio: torturiamo quel mostro, schiacciamo quella serpe.

Facciamogli vedere chi eravamo, prima del loro arrivo, prima del loro agguato.

Dimostriamo finalmente chi siamo e chi sempre saremo: sei contenta, così, infinita adolescenza mia? Siete contenti, vertigini e vuoto? Vizi del pensiero, mamma, papà, alibi, soliti schemi, va bene così? Paure, io non vi mollo.

Ma voi non mollate me.

Tenetemi per mano.

Sennò qui finisce che cado.

E cosa succede, se cadi?

Succede che magari cambio.

"...*Excuse-moi*... Io pensavo che almeno di mattina riuscivo... *Mais non*..."

Mina si accende una sigaretta e sorride come per dire non ti
preoccupare al tipo con gli occhi trasparenti e i muscoli disegna-
ti di cui non ricorda il nome. Si è appena svegliata accanto a lui
nel piccolo albergo della Lorena dove è venuta a passare la sua
prima settimana di ferie. Per una piccola rassegna su Francesca
Woodman dove l'ha invitata un'amica di Metz che ha incontrato in una chat di appassionati di fotografia, ma fondamentalmente per cambiare aria, per liberarsi da quel pensiero proibi-
to, dal desiderio che non dovrebbe provare e invece prova per
un uomo che non solo è ancora disperatamente legato alla moglie che da sei anni non c'è più. Ma che, come se non bastasse, è
un suo paziente. Nell'ultima seduta gli ha consigliato di buttarsi, non tocca più una donna da quando è rimasto vedovo, lo ha
spinto a provarci con la prima che capita, a separare il bisogno
di riconquistare i confini del proprio corpo dalla possibilità di
riconquistare un sentimento. Per quello ci sarà tempo, gli ha
spiegato, ora per lui è necessario prima di tutto tornare a sentirsi maschio. Come per lei è necessario tornare a sentirsi femmina: per questo ieri notte, mentre passeggiava lungo il fiume con
la sua amica di chat, ha incrociato quello sguardo azzurro e si è
fatta avvicinare.

*"Italiana?" le ha chiesto lui. Che invece abita qui, a Metz.
Per un po' ha vissuto in California, a Santa Cruz, dove era sempre andato solo per surfare, ma dove a un certo punto ha conosciuto un'americana, tale Rosemary, e l'ha messa incinta.
All'improvviso aspettava un bambino che non desiderava da
una donna che non amava e che per di più tradiva in continuazione, perché lui è fatto così. Finché, al settimo mese di gravidanza, lei una notte l'ha scoperto con la ragazza della cassa nel
bagno del ristorante dove lavorava: e gli ha ordinato di sparire
subito, all'istante, di non farsi mai più né vedere né sentire.*

*Queste cose Mina le sa perché lui ha cominciato a spogliar-
la nell'ascensore dell'albergo, ancora prima di raggiungere la
camera, ma, una volta dentro di lei, non è riuscito a fare niente.
Niente. E ha preso a piangere. Perché il sesso è stato sempre la
mia forza, singhiozzava, in uno strano mix di italiano e francese. Ma da quando è tornato a Metz, ogni volta che tocca una
donna, si paralizza.*

*"Cosa? Cosa sta succedendo a me, adesso? Pourquoi?" ha
chiesto a Mina, con gli occhi trasparenti sbarrati dall'angoscia.*

*"Il tuo inconscio reclama attenzione. Siccome è più intelli-
gente di noi, per farsi notare mica ci priva di qualcosa di cui
potremmo fare a meno, come, che ne so, del gelato del primo
pomeriggio. Mette a rischio quello che più ci interessa: e in
questo modo ci costringe ad ammettere quello che altrimenti
non ammetteremmo mai. Nel tuo caso, forse ti vuole suggerire
che non è vero che non desideri diventare padre: magari ne hai
solo paura," gli ha spiegato lei. Che con quel francese voleva
semplicemente sentirsi di nuovo femmina.*

*E invece, adesso, si ritrova ancora una volta psicoterapeuta.
Ancora meno femmina.
Ancora più sola.*

Sul ponte del traghetto per Favignana, Lidia potrebbe perdersi nell'odore del mare e in quello di Pietro che le accarezza le spalle e le bacia il collo.

Invece, ecco salire l'odore dei se.

La inseguiva da settimane, negli ultimi giorni si è fatto sempre più acido.

Ma ora le esplode in faccia e impregna tutto. Il mare, Pietro, l'orizzonte, Pietro, l'isola che dall'orizzonte comincia a spuntare: Pietro.

E se fosse l'ennesima illusione ottica, questa?

Se, ancora una volta, mi fossi lanciata a testa bassa nella storia con lui solo per assordare, con il botto dello schianto, il vuoto che sento dentro? Se fossi stata tanto audace nei primi tempi, se avessi rinunciato alla conduzione del programma e mi fossi trasferita a Milano semplicemente perché a me viene facile buttarmi, perché le emozioni forti sono la mia specialità, il mio ecosistema, ma quando poi è l'ora di passare da qualcosa di emozionante a qualcosa di intimo, cioè adesso, mi accorgessi che non lo so fare, non mi somiglia, non ne ho voglia? Se, insomma, questo che chiamo amore fosse solo uno stratagemma per spintonare la solita, scassata me fuori dalla porta della casa che non ho e se adesso – adesso – quella solita me tornasse, come un ladro, dalla finestra?

Se la mia parte che continua a restare incollata come una medusa a Lorenzo e che non riesce a divorziare fosse la mia parte più autentica?

Se condurre *Tutte le famiglie felici* fosse la sola maniera, fricchettona e ingannevole ma comunque mia, per potermene garantire una?

Se la mia infinita adolescenza sull'Arca Senza Noè diventasse un infinito rimpianto?

Osserva Pietro che affacciato dal ponte, assorto, osserva l'isola farsi sempre più vicina.

Quanto è sexy quando finalmente si spoglia di quegli assurdi vestiti da preside e si mette in jeans e maglietta. Quando molla quelle scarpe da persona seria che all'inizio non riuscivo proprio a concepire. A cui invece ormai sono abituata, certo.

Anche se.

Anche se, alla lunga, una hippie e una persona seria hanno davvero qualcosa da darsi, da dirsi?

E se Pietro fosse semplicemente annebbiato da quanto ci piace fare l'amore? Che ne sarà di noi, quando non ci verrà più da saltarci addosso due volte al giorno e toccherà a noi fare sesso anziché far fare al sesso tutto? Se solo a quel punto lui scoprisse chi sono, e se non fosse una bella scoperta?

Se. Se, se.

Se in serbo ci fosse un unico grande amore per ognuno di noi, e il mio fosse stato Lorenzo e il suo quella Celeste? Non a caso, finita con lei, Pietro ha subito conosciuto Betti e l'ha sposata dopo neanche un anno. Ha preferito fare finta di niente, insomma: come ora fa con la questione di Marianna. Tutto bene, dice lui, "è giunto il momento di farla partecipe del nostro affetto". Ma se questa sua sicurezza fosse in realtà incoscienza, la stessa che, appunto, l'ha portato a sposare Betti esclusivamente per evitare un contatto con se stesso? Se quest'uomo che adesso mi sta prendendo per mano e mi aiuta a scendere dal traghetto e mi dice benvenuta sulla mia isola, benvenuta sulla nostra isola, se quest'uomo buono, appassionato, quest'uomo originale, che parla ascoltando e mi ascolta anche quando non parlo, fosse in realtà un debole, e dunque, come tutti i deboli, fosse pericoloso?

Perché adesso, oltre alle tue paure, ci sono anche le paure delle paure dell'altro.

La casa è un cubo all'interno dell'isola, nascosto fra agavi, pini e carrubi. L'ha prestata a Pietro uno zio di sua madre, che però gli ha lasciato le chiavi sotto lo stuoino e ha preferito non farsi trovare neanche per un saluto veloce.

"Da quando mia madre è morta e mio nonno ha perso quasi tutto, la famiglia si è chiusa in un silenzio caparbio e ognuno se l'è tacitamente presa con l'altro per non avere più il permesso di vivere spensierato e ricco," racconta Pietro, mentre cucina per lei. A Lidia piace tanto, quando capita: nessuno, prima di lui, l'aveva fatta sentire così accudita e protetta, nemmeno i suoi genitori. Ma stasera c'è quel maledetto odore di mezzo. Più pungente anche di quello del tonno che sono andati a prendere al porto, da un vecchio pescatore che ha abbracciato Pietro come fosse suo figlio. "Con la gente di Favignana invece è diverso. Sono tutti rimasti legati al ricordo dei miei nonni e di mia madre. Hai visto Agostino, il pescatore? Mi ha riconosciuto subito. Eppure, l'ultima volta che l'ho incontrato avrò avuto sedici anni. Tieni: spero non ci siano spine." Porta i piatti sul tavolo nel patio. È una notte dolce, soffia un vento leggero e il silenzio s'accorda su un concerto di grilli.

"Domani prendiamo le biciclette e ti presento l'isola, ti va?"

"Certo che mi va."

"Ti piace il tonno?"

"Buonissimo, grazie."

"Lidia, che c'è?"

"Niente."

Pietro lascia scivolare la forchetta nel piatto. Non è un gesto aggressivo, ma per uno mite come lui significa qualcosa. Significa: Lidia, perché? Perché è da un mese che, quando ti cerco il viso, tu lo abbassi o lo alzi, perché cadi in pensieri che non devono avere niente a che fare con noi, se ti ammalano lo sguardo sempre vivo che hai e ti fanno spingere la fronte con le dita, proprio come stai facendo adesso? Dove vai, quando cadi? Dove cadi?

"Che c'è?" ripete.

Lidia continua a massaggiarsi la fronte e tiene gli occhi chiusi: "Non lo so che c'è, Pietro. Ma comincio a farmi delle domande sulla nostra storia".

"E perché?"

"Le domande arrivano per conto loro. Mica c'è un perché."

"Mi sembra vada tutto talmente bene, fra di noi."

"Certo che va bene. Certo."

"E allora?"

Lidia apre gli occhi e scopre che quelli di Pietro, adesso, sono allarmati.

Sembrano quelli di un bambino. O meglio: sembrano quelli che aveva lei quando stava con Lorenzo e lui non poteva trattenersi dal torturarla con i suoi dubbi, con i suoi ricatti, con il vagheggiamento della vita migliore che avrebbe potuto fare se non l'avesse mai incontrata. Si comporta così perché vuole sfidarti, essere innamorato di te lo fa sentire indifeso e ha bisogno di attaccare: le aveva spiegato la psicologa, a suo tempo. E Lidia si domanda se adesso, forse, non sia arrivato il suo turno di comportarsi come Lorenzo: e di

166

sfidare Pietro, perché essere innamorata di lui la fa sentire indifesa.

"Perdonami, Pietro. Lo so, in quest'ultimo periodo sono insopportabile."

"Non ti devi scusare di niente. Vorrei solo che mi rendessi partecipe. Sei proprio tu che, ogni giorno, mi insegni che a condividere qualcosa non la si perde, ma anzi la si guadagna. Il vecchio me non ti avrebbe mai chiesto spiegazioni. Tantomeno di un tuo turbamento."

"Sì. Ma io sono brava con i turbamenti degli altri. A condividere i miei faccio più fatica."

"Non abbiamo fretta: ci aspettano due settimane solo per noi." Le accarezza le mani, le braccia.

"Pietro, il punto è." Lidia ha bisogno di alzarsi. Si accende una sigaretta, dà tre tiri e la spegne, fa un giro attorno al patio, la notte sta diventando più scura e le stelle sembrano giganti, vicinissime. "Il punto è che ho paura."

Pietro continua a guardarla con quegli occhi che lei conosce così bene e che le stritolano il rosso buffone. Non vuole farlo soffrire, pensa. Non voglio sfiancare il suo amore per me come Lorenzo ha sfiancato il mio per lui: e perché? Perché aveva paura. E così mi ha persa.

"Ma non voglio perderti. Ecco, sì: ho paura, ma non voglio perderti." Gli torna accanto, gli si siede sulle ginocchia, si fa passare un suo riccio attorno a un dito, ci gioca.

Gli occhi di Pietro tornano subito alla loro tenerezza verde e profonda.

"E perché dovresti perdermi, proprio ora che ci siamo trovati?"

"E perché tu sei tanto sicuro, invece? Ti ricordi le ansie che ti erano prese, dopo la prima volta che abbiamo fatto l'amore? Sei sparito per due mesi..."

Pietro sorride: "Quando ci ripenso lo trovo buffo, tu no? Ero convinto che una presentatrice televisiva non se ne facesse niente di un povero disgraziato come me, ti immaginavo preda di un'esistenza rutilante, mi sembrava inverosimile anche solo che ti ricordassi di avere trascorso un pomeriggio focoso con un preside che...".

"Non mi riferisco a cazzate come queste, Pietro." La voce di Lidia, che era tornata quella di sempre, da bambina che fuma, è di nuovo sparita. E di nuovo Pietro la guarda in quel maledetto modo.

"Lidia, aiutami a capire. Perché io davvero non capisco."

"E certo. Certo che non capisci." Nemmeno gli occhi di Pietro, che sono stati anche i suoi, hanno il potere di fermare quello che di nero e però chiarissimo le sta montando dentro. "Perché tu preferisci rimuovere le difficoltà, è una vita che vai avanti in questo modo." Si alza ancora e ancora si accende una sigaretta.

Si alza anche Pietro, stavolta. La prende per i polsi, con la sua solita delicatezza, ma la obbliga a fissarlo.

"Di sicuro in passato mi sono comportato così, è vero. Ma al momento, francamente, non vedo quali difficoltà possano esserci fra di noi. Forse, più che della mia ignavia, è della tua incapacità di godere della pace che dovremmo parlare. Del bisogno che evidentemente hai di un nemico che in me non puoi trovare. E che dunque ti inventi." Il tono di Pietro è fermo, ma caldo. Quello di Lidia no. È rabbioso ed è freddo: "Davvero? Davvero, secondo te, me la invento io la fatica che farà Marianna ad accettare la nostra relazione? E mi invento il fatto che mi sembra impossibile, impossibile, dare alla mia separazione il suo sviluppo naturale e passare al divorzio da Lorenzo, perché significherebbe divorziare dalla mia parte bambina che non posso, e forse neanche voglio, nonostante a quasi quarant'anni sia penoso, abbandonare del tutto? Me la invento, questa smania assassina di fuggire sempre, sempre, non importa di preciso dove, l'importante è che sia lontano, lontanissimo da quello che mi è più vicino?

Mi invento anche il rischio che prima o poi la smania torni e si prenda tutto senza darmi in cambio niente, perché è fatta così? Mi invento l'apatia con cui tu reagiresti a tutto questo, perché sei fatto così, e preferisci chiudere subito con una persona, piuttosto che aprire un confronto? Me li invento tutti i motivi per cui tu, io e di conseguenza noi siamo fragili, e forse stiamo solo correndo il rischio di infliggerci un nuovo dolore che stavolta sarebbe davvero irreparabile, perché quando ci siamo incontrati eravamo già due reduci?".

Pietro aspetta che finisca, poi le dà un bacio lieve su una guancia ed entra in casa. Lidia rimane sul patio da sola, si accuccia sui gradini di tufo, si stringe le ginocchia al petto e comincia a piangere. Piano, perché non la senta nessuno. I grilli, le agavi, i pini, la notte. Pietro.


Si sveglia lì, dopo qualche ora: l'alba sta spingendo via le ultime lingue di buio, la campagna attorno comincia a brillare. Scopre che lui le ha steso una coperta addosso, perché non prendesse freddo. E le ha lasciato una lettera, accanto alla moka già pronta per essere messa sul fuoco.

## *I motivi per cui tu, io e di conseguenza noi siamo forti*

### *Tu*

*La tua incredibile energia vitale.*
*La tua fantasia.*
*Gli animali dell'Arca.*
*L'ostinazione a non perdere quello che di prezioso ti lega a Lorenzo.*
*La conoscenza profonda che, dopo quanto hai vissuto,*

169

*ora hai di te stessa e che ti permette di non ingannarti*
*e di non ingannare.*
*Quello che io provo per te.*
*Quanto ti piace fare l'amore con me.*

## Io

*La mia curiosità.*
*La mia pazienza.*
*Marianna.*
*Il mio desiderio di restare in contatto con quello che provo,*
*per non ripetere mai più errori che io per primo ho pagato.*
*La passione per gli studi che ho abbandonato e che,*
*in una qualsivoglia maniera, vorrei riprendere.*
*La sicurezza che la parte migliore della mia vita*
*abbia appena avuto inizio.*
*Quello che tu provi per me.*
*Quanto mi piace fare l'amore con te.*

Sta finendo di leggere, quando lo sente entrare in cucina e arrivare alle sue spalle.

"Andiamo di là e facciamo l'amore."

"Ma chi?"

"Tu e io."

"E quando?"

"Adesso."

Come da una lampada magica, da quella notte escono fuori giorni facili, giorni felici. Favignana spiega le sue ali di farfalla, sembra tutta per loro e loro lasciano fare a lei. Si affidano all'aria fresca della prima mattina, prendono le biciclette e vanno, seguono le cave bianche che li portano alle grotte del Bue Marino, si tuffano quando ancora sugli scogli non c'è nessuno, e possono nuotare come gli pare, senza costume, poi si stendono al sole, nudi, si rivestono e arrivano in paese, brioche e granita di gelsi, parlano con un pasticciere che ricorda a Pietro di quando sua nonna, ogni pomeriggio, lo portava a scegliere un dolce come premio per avere fatto i compiti, e Pietro sceglieva sempre la cassatella, o con la tabaccaia di piazza Sant'Anna che è sorella dell'insegnante di pianoforte della madre di Pietro e se sapessi che picciridda meravigliosa era, una vera principessa, dice, con tutti quei boccoli e quegli occhi da jattu, poi fanno un giro alla tonnara, prendono da Agostino il pesce per la sera, lo portano a casa, vorrebbero tornare subito al mare, ma cominciano a baciarsi sul patio e fanno l'amore dove capita, così quando riprendono le biciclette il pomeriggio sta già mollando la presa, e si spingono fino al faro, fino ai precipizi di Cala Rossa o si sdraiano a Lido Burrone, fra bambini che fanno casino e genitori che per dirgli di stare zitti urlano ancora più forte, ma loro due non li sentono nemmeno, hanno sempre da raccontarsi qualcosa, un ricordo, un'idea, niente. Finché il tramonto fa il suo spettacolo, si riavviano verso casa, Pietro cucina per Lidia, Lidia gli chiede insegnami, lui le dice lascia stare, non ti fidi di me ai fornelli?, in effetti no, e una volta a letto – quando non ne hanno ancora abbastanza di parlare e di accarezzarsi, di scoprire un nuovo punto, della storia o fra le gambe dell'altro – quello che sono pare illuminato dal basso e venire finalmente tutto fuori.

A Pietro ogni tanto, mentre spinge i pedali lungo il mare, manca Marianna, di colpo e irrimediabilmente: ma lei gli telefona almeno una volta al giorno dal campo estivo, sembra divertirsi e Pietro le promette che ad agosto toccherà a loro due, se ne andranno nel solito campeggio in Calabria, non si laveranno mai e mangeranno solo gelati.

A Lidia ogni tanto, mentre s'immerge e si perde nel rosa e

171

nei pesci gialli di un fondale, mancano Lorenzo e gli animali dell'Arca, di colpo e irrimediabilmente: ma, quando Pietro sarà in campeggio con Marianna, lei raggiungerà Lorenzo in campagna, per qualche giorno, e poi Greta, Elisa, Tony e Michele in Grecia, a Samo.

E comunque anche di questo parlano.

"È strano, no? Per certi versi lo spazio dell'intimità, dentro di noi, si restringe man mano che cresciamo: è sempre più difficile che ci si infili davvero qualcuno. Ma nello stesso tempo, man mano che cresciamo, forse dobbiamo abbandonare il sogno che quello spazio possa essere riempito da un'unica persona," riflette Lidia, mentre guarda il sole gonfiarsi e sciogliersi anche questa sera nel cielo, prima di colorarlo come gli pare e alla fine buttarsi in mare.

"È così," risponde Pietro. "Proprio per questo, nella lista dei motivi che ci rendono forti, ho inserito il mio amore per Marianna e il tuo rapporto con gli animali dell'Arca e con Lorenzo."

"Quindi stare insieme a una persona, adesso, che cosa significa, se non significa più avere un solo posto da considerare casa?"

"Forse, significa proprio avere come presupposto la nostra complessità e quella dell'altra persona. E tentare di rispettarle."

"Che confusione, però: no?"

"Io negli ultimi mesi provo a ragionare in termini di ricchezza, anziché di confusione. Abbiamo due vite ricche, Lidia. Di sbagli e di ferite, certo. Ma anche di legami che a quegli sbagli e a quelle ferite sono sopravvissuti. Sarebbe artificioso e quindi inutile liberarci di quei legami. Lo sforzo è quello di tenere tutto insieme."

"Però è uno sforzo: vedi che lo ammetti anche tu? Quelli che ce la fanno al primo giro, che invecchiano con la sola persona che un giorno, sempre più lontano, gli ha mosso una pallina all'altezza della pancia, non devono fare nessuna fatica. Sono dei paraculi, perché hanno al fianco e dentro di loro, come fosse una bussola, un uomo o una donna: sempre quello, sempre quella. I figli che magari sono venuti. Un solo posto da considerare casa, appunto."

"E lo sforzo di farsela bastare sempre e comunque, l'esistenza con quella persona? Dove lo metti. Io, più che dei paraculi, quelli che ce la fanno al primo giro, se i compromessi che accettano non sono eccessivi, li considero da premio Nobel per la Pace."

"Paraculi o premi Nobel che siano, pensa che avventura l'esistenza – in generale intendo – a farsela bastare."

"Ci stiamo provando anche noi, Lidia." Il sole saluta, spande chiazze fucsia tutt'attorno, e si tuffa. "Magari un po' in ritardo e con un passato con cui fare i conti. Ma ci stiamo provando."

"Forse hai ragione, e infatti... Perché ridi?"

"Perché negli ultimi mesi, da quando ti conosco, mi sono occupato di dinamiche e alchimie umane più che in tutti i miei quarantacinque anni."

"Figurati che io non mi sono mai occupata di altro."

"E infatti cucini malissimo."

"Dammi un bacio."


È solo di una cosa che non parlano. O meglio, Lidia ci ha provato.

"E la casa dei tuoi nonni? È a Cala Azzurra, no? Quando ci andiamo? Non sei curioso di sapere chi ci abita, oggi? Di vedere come si è trasformata?" gli ha chiesto, una delle prime mattine in cui l'isola languiva, ancora insonnolita, e loro inforcavano le bici.

"Prima o poi ci andremo," ha tagliato corto lui. E ha preso la direzione opposta.

Da quel momento ha continuato a fare così: Lidia lo segue, lui conosce tutti i segreti dell'isola, ogni giorno le rivela un sentiero, un minuscolo chiosco dove preparano la migliore granita di limone della Sicilia, l'ha portata su, fino al castello di Santa Caterina che tutto domina, distrutto e comunque maestoso, ha chiesto ad Agostino di prestargli la barca e sono andati a Levanzo, le ha indicato chiamandoli per nome tutti gli alberi, i fiori mai visti che spuntano, capricciosi, lungo le stradine sterrate, i graffiti nella grotta del Genovese. Ma a nord, verso Cala Azzurra, non si spinge mai.

E più il ritorno a casa si avvicina, più Favignana si fa piccola e quella parte di Favignana enorme.

Meno Pietro ne parla, più il suo silenzio raschia.

È Lidia che torna sull'argomento, una sera. Hanno tutti e due gli occhi e i sorrisi esagerati da una bottiglia di Grillo e dal secondo bicchiere di passito.

"Allora?"

"Allora che?"

"Mi ci porti o no, a conoscere i tuoi fantasmi?"

Pietro beve un altro sorso di passito e fa per infilarle una mano sotto la canottiera.

"Eddai, Pietro."

"Be'? Non ti piace' più?" insiste, e le fa scivolare le dita sulla schiena. Lidia lo ferma e intreccia la mano nella sua. "Sei incantevole, stasera. Che ci posso fare?"

"Anche tu non sei niente male." È vero: la vita sull'isola sta facendo bene a tutti e due, ha sciolto i lineamenti di Lidia, le ha scomposto i capelli, ha allentato ogni tensione nel viso di Pietro, gli ha arrossato le guance e gli dà un che di selvatico e irresistibile. "Però vorrei davvero sapere perché non ti va nemmeno di passare davanti a quella casa. Siamo venuti qui proprio per questo, no?"

"Siamo venuti qui per fare la nostra prima vacanza insieme." Pietro si alza, comincia a sparecchiare. Lidia allunga le gambe sul tavolo e si accende una sigaretta. È un po' ubriaca, è in un momento di rara armonia con se stessa e con tutto il resto. Parla solo per parlare, insomma. Non può avere idea, non può davvero avere idea di cosa sta per bruciare, o forse si sta spegnendo, in Pietro, che alle sue spalle, nel lavello del patio, ha preso a sciacquare i piatti. E non ne ha idea neanche Pietro. Ma qualcosa, dentro, sempre lì: sotto le costole, si è messo a bruciare. O forse si è spento.

"Ci tenevi talmente tanto a tornare... E io sono così curiosa di vedere le stanze dove hai vissuto quella che, prima di conoscerti, a me pareva una chimera, un falso mito, qualcosa come il Triangolo delle Bermude: un'infanzia felice! Amore mio, non sai quante volte me lo sono chiesto... È andata meglio a me, che da subito ho avuto a che fare con le controindicazioni del venire al mondo, o a te, che almeno hai avuto la possibilità di stringere un patto di fiducia con l'amore e la bellezza?" Si ferma, guarda un punto lontano come se volesse mettere a fuoco Pietro da bambino. Ma il vero Pietro è dietro di lei e lei lo sta perdendo di vista. Altrimenti non andrebbe avanti. Come invece fa: "Sai, vorrei tantissimo riuscire a consolare quel dolore impossibile che poi è arrivato e si è preso tutto l'amore e tutta la bellezza, però sono convinta che le estati con i tuoi nonni, la luce dei vostri giorni perfetti, la comprensione immediata e il bene sincero e contagioso che i tuoi genitori si volevano ti proteggeranno sempre, perché...".

"Smettila." Un piatto che si rompe. Una voce che pare un rasoio. Ma è quella di Pietro.

Lidia si gira di scatto, come se alle sue spalle fosse appena arrivato un cinghiale, un ladro, la polizia. Qualcuno che non si aspettava. E che invece è Pietro, è il suo Pietro. Che ha appena gettato un piatto per terra, con un gesto secco, e stringe le mani al bordo del lavello, mentre ordina di nuovo: "Smettila".

"Ma che ti prende? Sei impazzito? Stavo solo chiacchierando..."

"Questo tuo dolorismo è inaccettabile, Lidia."

"Dolorismo?"

"Sì. Questa mania di cercare continuamente una motivazione ai comportamenti tuoi o degli altri: e di trovarne, guarda caso, sempre una che abbia a che fare con il dolore." Continua a darle le spalle e a restare aggrappato al lavello.

Lidia si sforza di rimanere calma, anche se l'alcol le si è arrampicato in testa e, anziché lasciarlo libero di allentare i pensieri e sciogliere le parole, ora deve controllarlo.

"Non sono una fan del dolore, Pietro. Sono però convinta che i nostri unici maestri siano proprio il dolore e la felicità: questo sì. Se non accettiamo di stare male, quando ci tocca, non potremo mai sperare di stare davvero bene. E nello specifico, riguardo la casa dei tuoi nonni, volevo solo dire che..."

"Non me ne frega un cazzo di quello che volevi dire." Prende un altro piatto, stavolta lo getta nel lavello, sempre con un gesto secco, e rompe anche i bicchieri che sono nell'acqua.

"Ora basta, Pietro." Lidia si alza, lo tira per un braccio per spostarlo da lì, per farlo sedere, farlo tornare suo, farlo tornare in sé. "Basta. Che cosa c'è? È il dolore, il problema? È ancora troppo vivo, quello che senti? Ancora non hai perdonato Dio, o chi per lui, non hai perdonato tuo padre, Celeste, Betti? Non hai perdonato te? Ma non capisci che era proprio questo che, di fondo, quando siamo arrivati qui, mi turbava? Non capisci che è proprio il tuo rimanere impassibile di fronte a tutto che mi disorienta, mentre crisi come questa sono benedette, perché altrimenti anche la nostra storia rischia di essere l'ennesima cazzata che ti racconti, l'ennesimo espediente che presto rivelerà la sua miseria, e andremo a finire con gli studi di archeologia e con tutti i desideri che ti chiedevano solo di essere vissuti e che tu invece hai preferito uccidere, perfino quando..."

Lidia sente un ferro da stiro arrivarle dritto in faccia. Non realizza subito che è uno schiaffo. E che a darglielo non può essere stato che Pietro.

"Lidia, scusa... Scusa..." balbetta lui. Adesso la guarda, ma con un'espressione che Lidia non gli ha visto mai e che gli fa traballare le labbra, indurire gli occhi verdi, gli occhi gentili. "Scusa," dice. Ma con quegli occhi no. Con quegli occhi sembra dirle vaffanculo.

Lidia si massaggia la guancia. L'alcol continua a batterle nelle tempie e lei ora lo lascia fare. Fruga nella borsa per tirare fuori il portafogli, dove conserva la lista dei loro motivi di forza con cui Pietro, solo dieci giorni fa, l'ha rassicurata, gliela sventola davanti e la strappa.

"Non serve a niente questa lista."

Pietro è immobile, continua a balbettare scusa con le labbra e a mandarla affanculo con gli occhi.

"Non serve a niente," continua Lidia. "Perché il solo vero motivo di forza di qualsiasi essere umano è prendere atto delle sue fragilità. Io ti ho messo in mano tutti i miei limiti, ma tu non lo fai mai. Mai. Ecco perché poi ti riduci così: e non riesci neanche a confessare di non poterti avvicinare a una casa dove ci sono tutti i tuoi ricordi più belli e più tremendi. Piuttosto prendi a schiaffi me, perché ho l'unica colpa di fartelo notare, anziché assecondare la stucchevole recita del rispettabile e serafico professor Lucernari che è perfino certo di 'restare in contatto con quello che prova, per non ripetere mai più i suoi errori'. Tu sei in contatto solo con quello che riesci a gestire, Pietro. Cioè con nulla che abbia anche solo vagamente a che fare con l'amore."

"Sei impietosa." La voce è di nuovo un rasoio.

"Ti tratto solo come tratto me stessa, e non sono abituata a farmi sconti perché mi conosco bene, non mi inganno e dunque non inganno: l'hai scritto nella tua lista, no? Una lista fasulla come sei fasullo tu. Almeno stasera è venuto fuori chi sei."

Pietro torna ad aggrapparsi al lavello. I muscoli sono tesi, sono il cavo di un equilibrista, le spalle gli tremano: "Va bene, Lidia. Hai ragione. Non me la sento di rivedere quella casa, perché in questi giorni ho scoperto che dentro di me la rabbia per tutto quello che è successo è ancora tanta. E sai com'è che l'ho scoperto? Con te. Perché quello che provo, adesso, preme esattamente nello stesso punto dove preme quella rabbia. Una rabbia che contavo fosse sepolta. Un dolore che ho congelato e di cui mi auguravo si fosse preso cura il tempo. Non sono venuto al funerale dei miei nonni e non sono mai andato a trovare al cimitero di Palermo i miei genitori: soddisfatta? Ho semplicemente preso atto che non c'erano più e, per quanto riguarda mio padre, anche dell'evidenza di contare davvero poco, se non sono stato in grado di trattenerlo. Lo stesso ho fatto con Celeste: ho abbandonato l'università piuttosto che aprire il confronto a cui lei mi costringeva. Vero. Non sono un uomo coraggioso, Lidia. Però non sono nemmeno un mostro. E tu sei la prima persona su cui abbia mai alzato le mani in vita mia. Questo non rende meno grave quello che ho appena fatto, né ai tuoi occhi né tantomeno ai miei. Ma non mi era mai capitato e mai più mi capiterà. Te lo giuro su Marianna".

"Marianna..." Lidia si è accucciata sui gradini del patio, come la prima notte. E come la prima notte è crollata e ha preso a piangere, piano. Poi sempre più forte, da non riuscire a fermarsi. "Marianna! Se non accetti le tue fragilità, Pietro, come potrai mai capire quelle di tua figlia? Le eviterai, finché ti sarà possibile, e poi le subirai, come hai subìto quelle di tutti. Forse è il momento di domandarti dov'è che finisce la profonda pazienza di cui vai così fiero e comincia una profonda indifferenza che fa carne di porco di ogni reale emozione tua, di Marianna, mia o di chiunque altro incontrerai."

Pietro finalmente si volta. Vederla piangere gli è insopportabile. Per colpa sua, poi. Vorrebbe abbracciarla, vorrebbe inginocchiarsi davanti a lei, ripeterle scusami, scusami amore mio, e riempirle quelle ginocchia di baci. Invece sente una voce a rasoio, che però è la sua, sibilare:

"Che ne puoi sapere tu, di cosa significa avere un figlio. Sei brava a pontificare di amore e dolore perché affronti la famigerata vita vera solo in teoria, dall'eterna adolescente viziata che sei".

"Che ne puoi sapere tu, Pietro. Che ne puoi sapere tu di cosa significa, alla mia età, non avercelo, un figlio."

*L'aereo sta per decollare, destinazione Los Angeles, le ho-*
*stess hanno appena raccomandato di spegnere il cellulare e di al-*
*lacciare le cinture di sicurezza, quando Luca nota la donna sedu-*
*ta accanto a lui. Ha lineamenti graziosi, ma, al solito, gli saltano*
*all'occhio i difetti: è troppo bionda per i suoi gusti e ha un'aria*
*risoluta che non gli ispira simpatia. Però la dottoressa La Scala,*
*nell'ultima seduta, lo ha convinto che la promessa fatta a Federi-*
*ca, quando ancora non era diventata sua moglie e soprattutto era*
*ancora viva, ormai non si può più definire una promessa, è di-*
*ventato un blocco. E sostiene che lui a questo punto deve assolu-*
*tamente sbloccarsi, prenderlo come un compito, provarci con la*
*prima che capita e pensare che se non gli piace fino in fondo è*
*solo una fortuna, sarà meno impacciato nell'approccio.*
    *Dunque: "Hello," dice alla biondina.*
    *"Ciao. Guarda che sono di origine americana, però abito a*
*Milano e parlo italiano perfettamente." Ha una voce metallica*
*e scostante, ma Luca pensa alla dottoressa La Scala e insiste:*
*"Mi chiamo Luca. Sono di Roma e lavoro in una libreria, tu di*
*che cosa ti occupi?".*
    *"Mi chiamo Kate e sono una professoressa di inglese, ma*
*non capisco proprio per quale motivo dovremmo parlare, io e*
*te. O solo perché una donna viaggia da sola voi uomini vi senti-*
*te in diritto di corteggiarla? Di' la verità. Come se fossi una di*

quelle a cui basta entrare in un museo, incontrare uno scienziato affascinante che dice due banalità su una statua e mettere in discussione quello che prova per il fidanzato... Credi sia una di quelle, io?"

Luca la fissa allibito e fa no con la testa.

"Ecco, appunto. Io non sono una di quelle. Ho un fidanzato meraviglioso per cui ringrazio il cielo continuamente. È un uomo diverso da tutti voi, lui. Perché lo sai, caro Luca il libraio, come siete fatti, voi? Siete come quel bastardo francese che ha messo incinta mia sorella Rosemary: sto andando a Santa Cruz per accompagnarla in ospedale quando partorirà, pensa. Perché dov'è, il padre del bambino? Lo vuoi sapere dov'è? Se n'è tornato in Francia a godersi la vita, dopo che Rosemary l'ha beccato a farsi una sveltina con la ragazza della cassa, nel bagno del ristorante di nostro padre: hai capito chi siete, voi? E non basta dire due scemenze sulla Pietà di Michelangelo per essere un uomo diverso, di cui ci si può fidare. Eh no, non basta. Invece di Tommaso sì che ci si può fidare, infatti io sono felicissima di stare con lui e non ho per la testa nessuno stupido scienziato incontrato di sfuggita, che nemmeno si sarà accorto della mia esistenza. Ora però vorrei riposare: grazie." Si infila la mascherina, se la cala sugli occhi e finge di prendere sonno all'istante.

A Luca viene un po' da piangere e un po' da ridere.

Da piangere perché ultimamente, da quando ha cominciato l'analisi con la dottoressa La Scala, gli succede di entrare immediatamente in risonanza con il dolore degli altri, e questa biondina deve averne dentro davvero tanto.

Ma gli viene anche da ridere, perché ha appena scoperto che è facile provarci con una che non ti piace: al massimo si viene rifiutati.

L'aereo si spinge sulla pista, ed è in quel momento che Luca fa un'altra scoperta. Scopre che di cose facili non ne può più. Da quando Federica se n'è andata, l'unica cosa difficile, anzi impossibile, è stata dimenticarla. Non c'è riuscito, ma ha accettato di non farlo: e secondo la dottoressa La Scala è già una conquista.

Quindi forse è davvero arrivata l'ora di mettere quella promessa da parte, anche se ancora non gli è chiaro dove, e ricominciare. Ma non per finta, come con questa biondina: davvero. Questo viaggio, d'altronde, è un buon segno: da quando Federica se n'è andata non si era mai fatto un regalo. Gliel'aveva suggerito l'inverno scorso una cliente. Era entrata in libreria per cercare la guida degli Stati Uniti, voleva partire per un Coast to Coast con Avventure nel Mondo. E Luca aveva pensato che meraviglia. Non solo attraversare gli Stati Uniti: se deve essere sincero, lo aveva pensato anche di quella donna. Che meraviglia. Faceva l'erborista e aveva due tette esagerate. Ma non sono quelle a cui si ritrova a pensare. È agli occhi di quell'erborista che pensa. Erano occhi buoni. Pieni di speranza. Quel giorno non era ancora pronto, evidentemente, per riconoscere di essere rimasto colpito. Però adesso sì. Adesso è pronto almeno a riconoscerlo. Avevo preso il suo numero di telefono per avvisarla quando sarebbe arrivata la guida, ricorda. E decide che, appena tornerà da questa vacanza, le scriverà un messaggio: ma non perché ha bisogno di sbloccarsi. Proprio perché ha voglia di conoscerla.

E così, mentre l'aereo decolla, dopo tanti anni, talmente tanti che a Luca sembra sia la prima volta, sente muoversi qualcosa, sotto le costole.

Pare una pallina.

"...dov'è che finisce la profonda pazienza
di cui vai così fiero e comincia
una profonda indifferenza
che fa carne di porco
di ogni reale emozione..."

"Colibrì, facciamo una doccia?"

"Ma papà, avevi promesso che non ci lavavamo per due settimane!"

Come al solito, Marianna tiene il punto.

Sono arrivati a Crotone da qualche giorno, quel campeggio ad agosto è una tradizione, ma prima erano in tre. Adesso sono lui e lei. È proprio lì che una sera, quando Marianna finalmente si era staccata dagli altri bambini che giocavano a nascondino fra le tende e le roulotte e si era addormentata, Betti gli aveva chiesto di fare una passeggiata. E gli aveva parlato. Era tutto finito già da mesi fra loro, anche quella cortesia che dopo la nascita di Marianna li aveva tenuti insieme si era condensata in un silenzio ostile: lei trascorreva tutto il suo tempo in parrocchia, lui aveva cominciato a uscire con altre donne, a conoscerle in chat. Ma nessuno dei due aveva ancora trovato il coraggio, o forse semplicemente il modo, di dirselo. Finché: "Don Emanuele prima mi ha riavvicinata a Dio e poi alla vera me stessa, Pietro. Una donna che non conoscevo e che tu non hai nessuno strumento per interpretare: io ti perdono, sei un uomo egoista ma di fondo gentile," aveva esordito Betti.

Poi gli aveva annunciato la sua scelta.

Che cosa aveva provato lui, in quel momento? Increduli-tà. Panico per il futuro di Marianna. Ma anche un enorme senso di liberazione. Almeno gli sembra: perché lì per lì non era stato troppo attento a capire che cosa gli passasse dentro, per il rosso buffone. Gli interessava solo prendere atto al più presto di quello che stava capitando e muoversi di conse-guenza. Difendersi, come aveva sempre fatto: in questo Lidia ha ragione.

Lidia, Lidia. Lidia Lidia Lidia. Lidia.

Dovrebbe prendere atto anche di quanto è capitato fra loro, certo. Dovrebbe prendere atto di quella notte finita co-sì, lei accartocciata sui gradini del patio, lui steso a letto, a fissare il soffitto. Non si era mosso neanche quando lei era entrata, aveva raccolto i suoi vestiti sparsi per la camera, li aveva buttati nel borsone ed era uscita. L'aveva sentita pren-dere la bicicletta e andare via, verso il porto probabilmente, sicuramente lontano da lì. Ma non era riuscito a dire una pa-rola. Dovrebbe prendere atto che nemmeno nei giorni suc-cessivi c'è riuscito. Non l'ha chiamata, non l'ha cercata: e neppure lei si è più fatta sentire. Soprattutto di questo do-vrebbe prendere atto. Eppure, stavolta non ce la fa. Tanto più dopo essere tornato nella casa dei suoi nonni, dove alla fine, l'ultimo giorno che ha passato a Favignana, si è deciso ad andare. Superata l'ultima curva per Cala Azzurra, se l'era trovata davanti, arroccata su quegli scogli, bianca latte e cir-condata dai fichi d'India, identica a *prima*.

Quando niente era ancora davvero successo.

Quando tutto pareva possibile.

Aveva citofonato una volta. Due. Era venuta ad aprirgli il cancello una signora fasciata in un pareo giallo canarino, con le braccia cariche di bracciali pesanti, d'avorio e pietre colo-rate, la pelle cotta dal sole e gli zigomi evidentemente ritocca-ti. Alle sue spalle era spuntato un vecchio alto, con un lungo caffettano blu, uno spiccato accento veneto e l'aria irrimediabilmente simpatica, tipica di certi piccoli delinquenti. Pietro aveva spiegato chi era e la coppia lo aveva accolto con entusiasmo.

"Perché il nome dei suoi nonni su quest'isola resta una leggenda."

"Perché l'agente immobiliare ce l'ha detto subito che i vecchi proprietari erano persone di cultura."

"Perché quando ci si innamora di un posto ci si innamora pure dei desideri di chi ci ha vissuto: e noi abbiamo lasciato tutto com'era."

Vero: c'era un odore di casa d'altri, ma quella era casa sua. A parte le foto dei due figli e dei quattro nipoti della coppia che correvano lungo tutte le pareti e un busto in marmo di Luciano Pavarotti – perché, gli aveva spiegato la signora, era la passione del marito e lei lo aveva voluto stupire con un regalo speciale per il loro ventesimo anniversario di nozze –, quegli affettuosi burini arricchiti non avevano toccato niente.

Nemmeno il pianoforte su cui la madre di Pietro aveva imparato a suonare e su cui ogni estate si ostinava, con pochi risultati, a insegnare al figlio. Nemmeno la sedia a dondolo, sul terrazzo, dove suo nonno sprofondava e preparava le lezioni per l'università. Nemmeno il letto in ferro battuto nella stanza dove dormivano i suoi genitori e Pietro s'infilava ogni mattina, appena sveglio.

"Da quant'è che non entrava qui?" gli aveva domandato il vecchio.

"Da quando è stata venduta."

"Si parla di oltre vent'anni fa."

"Già."

"Chissà che shock dev'essere."

Sicuramente lo era stato: ma la vera scoperta era stata rendersi conto che nemmeno l'effetto di quelle mura, di quegli oggetti – ognuno capace di intonare una voce antica e per-

186

sa per sempre, di riflettere un ricordo –, era più violento di quella cosa che lo mordeva all'altezza della pancia.

Sotto le costole.

E lo faceva pensare a Lidia.

Nemmeno il suo passato, insomma, adesso lo spaventa più di quanto lo spaventa l'idea di averla persa.

E anche mentre Marianna gli sta parlando, Pietro litiga con quel morso.

"Cos'hai detto, Colibrì? Scusami, mi ero distratto."

"Sai che novità." Marianna alza gli occhi al cielo.

"Dai, ripeti."

"Stavo dicendo che, se proprio ci tieni, tu la doccia la puoi fare. Ma io ormai devo vincere una scommessa con Rosario."

"E chi è Rosario?" Stanno tornando dalla spiaggia ed è l'unico momento della giornata in cui non sono circondati dagli amici con cui Marianna si dà ormai un tacito appuntamento ad agosto e con cui, senza accorgersene, sta crescendo. Anno dopo anno, sono tutti un po' più in carne, più slanciati, un po' più sfacciati o più chiusi: ma ancora non sono abbastanza grandi da prendere le distanze dal gruppo che li ha protetti quando gattonavano e appena si ritrovano ricominciano da dove l'estate prima si erano lasciati.

"È uno nuovo. Di Salerno."

"Che scommessa è?"

"Il primo che si lava deve fare una penitenza. Lui è arrivato ieri, sta con i genitori nella penultima roulotte prima del bar. Io è già da quattro giorni che non mi faccio la doccia. Però tu non hai scommesso niente con nessuno. Quindi puoi lavarti."

"Grazie."

"Figurati."

"Colibrì?"

"Eh."

"Ma ti piace questo Rosario?"

Marianna si ferma, lo guarda e ride. A Pietro piace così tanto, quando succede, che le va dietro e si mette a ridere con lei. Anche se non sa il motivo: "Cos'è che ti diverte?".

"Come ti trasformi quando parli di cose da femmine." Per imitarlo Marianna accelera il passo, ingobbisce le spalle e si fa penzolare la testa piena di ricci. "E comunque io ormai sto con Pili."

"Pili?"

"L'ho conosciuto al campo estivo. Abita a Milano e la mamma lo aiuta tutti i pomeriggi con i compiti, perché non parla ancora benissimo l'italiano. Viene dal Mali: è un posto che sta in Africa."

"Ah, sì?"

"Sì." Sono arrivati alla tenda e Marianna alza le braccia perché le piace ancora farsi aiutare dal padre per togliere i vestiti, ma continua a parlargli con quel tono lì. Da chi ormai sa cose che lui non può capire: "Non è che proprio stiamo già insieme, io e Pili. Ma lo amo. E secondo me pure lui ama me".

"Da che cosa lo hai dedotto?"

"Voleva sempre stare in squadra con me, quando giocavamo a pallavolo. E poi lo deducevano tutti che gli piacevo."

"Lo deducevano? È un verbo inconsueto da utilizzare all'imperfetto e alla terza persona plurale, dedurre."

"Ma pure tu parli strano! E comunque erano tutti sicuri che Pili mi ama. Anche mamma."

"Come sta?" È la prima volta, da quando Marianna è tornata dal campo estivo, che parlano di Betti.

"Chi, mamma? Sta bene. Si è tagliata i capelli e ha imparato a suonare la chitarra."

"La chitarra."

"Eh." Marianna si stende sul suo sacco lenzuolo e fa la candela. Non riesce proprio a stare ferma, pensa Pietro. E come al solito questo gli ricorda Lidia. Nel tagliare corto

quando una discussione rischia di chiamare in gioco qualcosa che la rattrista, invece, somiglia sempre di più a lui:
tanto che, tolte le questioni pratiche – vivrò con te o con la
mamma? Oltre ad avere due case farò anche due vacanze,
quindi? Papà, ma ti sei fidanzato con la conduttrice televisiva? –, non accenna mai a quello che prova per la separazione o per la scelta di Betti. "Stai pensando di nuovo alle cose
tue, papà."

"È vero, mi sono distratto un'altra volta." Pietro le si
stende accanto. "Ma non pensavo a cose mie: pensavo a
queste tue vacanze. Sei andata al campo estivo con la mamma
e le sue amiche, è stata un'esperienza nuova per te. No?"

"Un po'."

"E come ti è sembrata?"

"Bella. Andiamo al bar? Ho voglia di un gelato." Niente,
non c'è verso di affrontare *quel* discorso. Se non accetti le tue
fragilità, Pietro, come potrai capire quelle di tua figlia? Gli
tornano in mente le parole di Lidia. Anzi, sono sempre lì: un
istante prima di aprire gli occhi, la mattina, quando il campeggio è ancora avvolto dalla calma irreale che presto verrà
strappata da tutte le voci, le urla, da tutti gli annunci del megafono. Appena prima di addormentarsi, mentre il megafono continua a gracchiare a mezzanotte anguriata, all'una bagno di notte con la luna piena, dall'una e mezzo zumba e
balli di gruppo nel tendone delle informazioni. Sempre lì.
Galleggiano, galleggiano. E a volte grattano: quando si sveglia di notte, si gira su un fianco e aspetta di trovarla accanto
a sé, addormentata e nuda, con i capelli lunghi che schizzano
per tutto il letto. Ma lei non c'è. Quando Marianna, in spiaggia, gonfia un canotto con gli amici e poi prende e va, e lui la
guarda diventare un puntino all'orizzonte e avrebbe voglia e
bisogno di Lidia per ammettere, prima con lei e dunque con
se stesso: "Mia figlia sta diventando grande. Che sollievo.
Che angoscia". Ma Lidia non c'è.

E chissà dov'è.

Chissà a cosa pensa.

Chissà quale gonnellina da adolescente ha indosso.

Perché in agguato, nascoste fra le parole dure, fra le parole vere di quell'ultima notte, ci sono le facce. Sono tantissime e tutte di Lidia. C'è la faccia che fa quando lui comincia ad accarezzarla e lei chiude gli occhi. Quella che fa quando lui entra in casa e lei non vedeva l'ora che arrivasse – Pietro lo avverte –, e proprio per questo non riesce a reggere subito il suo sguardo, ma lo abbassa e sorride, misteriosa e magica. Quella che fa quando chiacchiera a sproposito, è la prima a rendersene conto: però va avanti. Quella che fa quando lo ascolta, quando vuole assolutamente convincerlo di qualcosa, quando è concentrata a scrivere un copione per il programma. Quella sfacciata e bugiarda che ha fatto quando gli ha annunciato che si sarebbe trasferita a Milano: ci si innamora pure dei desideri degli altri... Hanno detto bene, i proprietari della casa di Favignana. Perché sicuramente io sono stato rapito da Lidia subito, nel momento esatto in cui è entrata con la troupe in casa mia, ma se lei non avesse lasciato la conduzione del programma, se non avesse puntato tutto sul desiderio di dare al nostro incontro una possibilità, se non mi avesse messo nelle condizioni di riconoscere quello che provavo, forse me lo sarei fatto implodere dentro. Anziché farlo vivere, l'avrei ucciso... Come ogni mio desiderio. Ogni dispiacere. Come però, adesso, adesso non riesco a fare con questa cosa che mi morde la pancia: perché fra tutte le facce di Lidia che, come coperte bagnate, premono su ogni ora della giornata, quella che più mi tormenta è la sua faccia dopo quello schiaffo. Era una faccia che diceva: *Non ci credo che sei stato tu.* Nemmeno io ci ho creduto. Nemmeno io ci credo. E invece ero proprio io, quello. Se non accetti le tue fragilità, Pietro, come potrai capire quelle di tua figlia? Sì:

come farò? Ma soprattutto: dove? Dove si trova il coraggio di farlo? Da dove si comincia?

Lidia mi è sempre sembrata più debole di me, più scoperta di fronte al vento delle sue inquietudini e del mondo. Invece, forse il debole sono io, perché io il mondo lo sfido, sfido le persone che mi hanno abbandonato: mi sono abituato a dimenticarle, sfido le difficoltà che la vita mi mette davanti, purché spariscano prima di investirmi. Lidia no, non fa così, lei sfida sempre e solo se stessa: se qualcuno la ferisce, se una difficoltà la travolge, si lascia investire. Cerca di capire dov'è che si è fatta male, cos'è che ha perso e cosa non perderà mai: crolla, ma poi si rialza. Mentre io non crollo, ma nemmeno mi sono mai alzato in piedi. Striscio. Da un giorno all'altro, da una relazione all'altra, da una delusione a un rimedio. Che ne puoi sapere tu, Pietro. Che ne puoi sapere tu di cosa significa, alla mia età, non avercelo, un figlio. È proprio questo che forse voleva dire Lidia, con quel pianto inarrestabile che pure è arrivato a lui come uno schiaffo: che ne puoi sapere tu, Pietro, di cosa significa non avere neanche la scusa di un figlio, neanche quel conforto, quel conflitto santo in cui potersi annullare e dimenticare di sé, neanche quella distrazione da quest'incessante guerra con i limiti, con le paure, in questa sfida ridicola, però necessaria, per comprendere cos'è che di noi possiamo cambiare, e cosa invece no, non possiamo cambiare, e con cui quindi dobbiamo fare pace, anche se vorremmo essere diversi, migliori di così. Ma altrimenti saremo condannati a restare in contatto solo con quello che riusciamo a gestire: cioè con nulla che abbia anche solo vagamente a che fare con l'amore. Invece, voilà, se abbiamo dei figli, tutti questi discorsi possiamo considerarli cazzate, teorie da adolescenti eterni e viziati, e dall'amore per quei nostri figli ci sentiamo garantiti e di quell'amore ci riempiamo la bocca. Ma se non accetti le tue fragilità, Pietro, come potrai capire quelle di tua figlia?

"Ho voglia di un gelato," ripete Marianna.

"No, Colibrì. Ci andiamo più tardi."

"Perché?"

"Perché adesso facciamo un gioco."

"Giochiamo al se fosse?"

"No. Proviamo a fare una lista."

"Una lista?"

"Quindi stare insieme a una persona,
adesso,
che cosa significa?"
"Forse significa avere come presupposto
la nostra complessità
e
quella dell'altra persona."

"Mi trovi impietosa, Stitch?"

"Be', Lilo. Diciamo che sei una gran rompipalle." Sono scesi a piedi per la collina dove abita Lorenzo e sono arrivati fino al Lago di Bracciano.

Efexor saltella sulla riva, si bagna il muso, azzarda un passo nell'acqua, si ritrae, si rotola nel fango, di nuovo saltella.

Loro lo guardano da sotto un platano.

Lidia, di ritorno da Favignana, non è neanche passata da Milano, perché Milano senza Pietro non avrebbe fatto che rimandarla a tutto quello da cui vuole a ogni costo prendere distanza, adesso. E la sua casa di Roma è affittata sino a dicembre.

Così, è venuta direttamente qua. Con quella notte ancora addosso, come una febbre. Con quelle parole, quello schiaffo, quella rabbia.

I primi giorni ha voluto solo stordirsi di manga e serie televisive, e Lorenzo, come sempre, si è rivelato il suo più fidato spacciatore di regressione. Poi, un pomeriggio, mentre lui sfilava dal lettore dvd l'episodio finale della seconda serie di *House of Cards* e stava per infilare il primo della terza, senza nessun preavviso un temporale s'è preso l'estate, la campagna, e ha fatto saltare la corrente elettrica. Lidia non si è scomposta: si è accesa una sigaretta e, pure lei senza nessun preavviso, ha cominciato a raccontare tutto. Dalle riprese di quella puntata di *Tutte le famiglie felici* a quando è salita sul treno per Milano. Dalla bugia sul documentario delle tre famiglie alla morte dei genitori di Pietro, da Marianna a Favignana. E mentre il buio irrimediabile avanzava, si accorgeva che non stava raccontando quella storia solo a Lorenzo: anche lei l'ascoltava per la prima volta, troppo impegnata com'era stata a viverla, fino a quel momento.

"Insomma, credi che io abbia bisogno di un nemico, anche quando non c'è?"

"Lo sai come la penso: e questo pennellone di Milano poteva smentire le mie teorie, invece è chiaramente un disturbato, uno come noi insomma, pure se travestito dal Mister Famiglia che ti eri illusa di incontrare. Quindi resto convinto che, più un uomo ti è d'ostacolo alla cosiddetta felicità, più ti solleva dalla fatica di renderti conto che l'ostacolo sei tu." Lecca una cartina e comincia a prepararsi una canna.

"Allora perché fra noi due non è durata? Un ostacolo alla felicità più enorme di te non lo troverò mai, questo è certo." Lo bacia su una guancia e lui sorride, gli occhi enormi, uno marrone e uno verde: sono pieni d'amoreterno, ma si gratta la guancia e la allontana, come faceva sempre, anche quando stavano insieme, come sempre farà.

"Noi due siamo troppo simili, Lidia, e finalmente te ne stai rendendo conto. È come se fossimo stati bambini insieme, ci capiamo troppo bene, niente che l'altro faccia ci può davvero meravigliare o inorridire. Anche se io non fossi il marcio galeone affondato che sono, fra noi una roba cieca come il sesso non poteva durare."

"Non è vero. Il punto è che dovevamo crescere. E abbiamo avuto paura."

"Io non ho avuto paura, Lidia." Si accende la canna e comincia a fumare. "Ero solo stanco. Stanchissimo. L'eros si nutre di misteri e di tensioni e io, quando mi hai chiesto di trovare un modo per rilanciare, non ci sono riuscito. Si può considerare una fine, certo, ma per me siamo semplicemente andati oltre." Indica Efexor che ora vorrebbe giocare con una papera, ma quella fugge terrorizzata. "Guardalo: non si abbatte mai. Tu sei come lui e non riesco sinceramente a concepire perché non ti arrendi, perché non realizzi di essere incapace di vivere e non ti metti tranquilla, invece di litigare, prenderti ceffoni sul muso, cercare di stanare motivazioni recondite, falsi sé o altre delizie del genere. Se ti piace insistere, comunque, io tifo per te. Nel frattempo, però, permettimi di godere del tuo regalo: ti sarò sempre grato per avermi traghettato dall'infanzia al troppo tardi. Là in mezzo non c'è proprio più niente, niente che mi interessi."

Là in mezzo c'è adesso.


E adesso Pietro si lascia dondolare sull'amaca che ha montato dietro alla tenda e rilegge Schliemann. Conosce a memoria quel libro, ma è da quando ha lasciato l'università che non lo riprendeva in mano.

"Che fai, papà?" Marianna arriva alle sue spalle.

"Studio, Colibrì."

"Perché? Domani, quando torniamo a Milano, qualcuno ti interroga?"

"No. Ma questo è sempre stato il mio scrittore preferito, è il più importante archeologo della storia, e mi è presa una certa nostalgia di quello che pensa."

La bambina si arrampica sull'amaca, gli si spalma addosso. "Allora non ti disturbo," dice. "Anche se..."

"Anche se?"

"L'ho finita." Tira fuori dalla tasca dei pantaloncini un foglio stropicciato. "Tu hai finito la tua?"

Pietro non se l'aspettava: ma tiene la sua lista proprio dentro il libro e la consegna subito a Marianna.

196

Il gioco che all'inizio della vacanza le ha proposto era quello di scrivere, ognuno per sé, i motivi per cui hanno paura. E poi scambiarsi le liste. Lui l'ha buttata giù la notte stessa, credeva che Marianna avrebbe fatto come fa sempre con quello che non le va, che magari avrebbe finto di dimenticarsene. Invece eccola là, a sventolare il suo foglio. Che quindi, pensa Pietro, forse le andava di scrivere. Forse, addirittura, non vedeva l'ora, se è da qualche giorno che si apparta dagli amici e rimane in tenda quando tutti vanno in spiaggia: per fare i compiti, credeva lui. E invece.

Si scambiano le liste e Pietro legge a voce alta:

## Le mie paure
### di Marianna Lucernari

Che quest'anno Veronica mi chiede di stare nel banco con lei,
ma io voglio stare con Laura.
Che Pili ama una che non sono io.
Che il lunedì ci mettono due ore di matematica
e io devo passare il sabato e la domenica a fare le espressioni.
Che mamma vuole più bene ai bambini
della casa famiglia che a me.
Che Laura non mi restituisce "I regni di Nashira". Lei è
la migliore amica del mondo,
ma a quel libro ci tengo troppo.
Che pure papà e la presentatrice vanno a vivere
in una comunità come la mamma e io resto a vivere da sola.
Che papà rimane per sempre triste com'è qui al campeggio.

Mentre Pietro leggeva, Marianna si è coperta gli occhi con le mani. Li scopre all'istante, appena il padre finisce, e prima che possa commentare o chiederle qualcosa, qualsiasi cosa, attacca a leggere lei:

197

# Le mie paure
## di Pietro Lucernari

*Che Marianna soffra della separazione fra me e Betti,*
*ma non lo manifesti.*
*Che Marianna soffra per qualsivoglia motivo,*
*ma non lo manifesti.*
*Che io non sappia chiedere a Marianna se soffre,*
*perché anche per me è più semplice ignorare quello che provo,*
*quando si presenta una difficoltà. Tanto che una volta*
*l'ho sentita piangere, in camera sua, ed è venuto da piangere*
*anche a me, ma non sono riuscito ad aprire la porta*
*per capire che cosa non andava.*
*Che la presentatrice non mi voglia più vedere: questo*
*mi ferirebbe, perché io sono profondamente innamorato di lei.*
*Che Marianna possa sospettare che il mio amore*
*per la presentatrice tolga qualcosa al mio amore per lei.*
*Non è così e mai lo sarà. Il mio Colibrì è il bene più prezioso*
*che possiedo e, se sono felice con la presentatrice, sarò ancora*
*più bravo come padre. Perché sarò un padre innamorato.*
*Dunque felice: come, purtroppo, non eravamo più,*
*sua madre e io, insieme.*

Marianna si gira e rigira quel foglio fra le mani.

"Papà?"

"Dimmi, Colibrì."

"Forse possiamo cominciare a chiamarla Lidia, la presentatrice. Che ne dici?"

"Mi sembra una bella idea. Una bellissima idea."

"Mmm. Ma l'hai fatta arrabbiare?"

"Temo di sì."

"Speriamo allora che non è troppo tardi per chiederle scusa."

Fra l'infanzia e il troppo tardi: là in mezzo. Là in mezzo c'è adesso.


E adesso Lidia è seduta a una taverna di Samo con gli altri animali dell'Arca. Con loro ci sono anche Igniatios, il cuoco della taverna, che Tony ha puntato dal primo giorno e con cui finalmente ha passato la notte, e la prima moglie di Michele, Carmen, che all'inizio dell'estate si è decisa a lasciare Barcellona e il secondo marito.

Sono già le quattro del pomeriggio e Igniatios continua a fare arrivare in tavola polpette di zucchine, feta grigliata, insalata di polpo e moussakà e a versare ouzo nei bicchieri: non spiccica una parola di italiano e questo è il suo modo per dimostrare a Tony quanto gli piace. Ma Tony si avventa sui piatti e non gli rivolge neppure uno sguardo.

"Dagli un po' di soddisfazione, su!" lo rimprovera Elisa. Prima di partire ha dato anche l'ultimo esame di Matematica e durante il giorno, invece di scovare anfratti deserti con gli altri, resta chiusa in casa per preparare la tesi, perché vuole liberarsene al più presto. Per poi iscriversi a Psicologia e puntare alla sesta laurea.

"Meglio evitare. Ci manca solo che Igniatios pensi che sono uno di quelli per cui una notte come questa è stata speciale," ribatte Tony.

"Perché?" fa Greta. "Da quant'è che non ne passavi una così bella?"

"Da chissà quanto," risponde Tony. "Dunque non è il caso che lui si renda conto subito che sono messo così male. No?"

Gli altri ridono, e Igniatios non ha capito mezza parola ma ride con loro.

"Io, invece, alla persona che sto frequentando ho preferito confessare subito chi sono e quante delusioni ho dovuto sopportare," riprende il filo Greta.

"'La persona che sto frequentando'..." le fa il verso Tony. "Se dici così è perché si tratta dell'ennesimo padre di uno dei tuoi alunni."

"È vero," ammette Greta. "Ma stavolta è diverso. Aveva già cominciato le pratiche della separazione prima di conoscermi. Comunque, per scaramanzia, non voglio aggiungere altro."

"Attenta, che per separarsi c'è chi ci ha messo otto anni," se ne esce Michele: e guarda la sua Carmen che incassa la battuta e sorride.

"Non importa la situazione in cui è invischiata una persona, quando la incontriamo," interviene Lidia. È stranamente silenziosa in questa vacanza, se ne sono accorti tutti dal primo giorno. Sanno anche però che quello non è un silenzio pericoloso, in cui si sta perdendo. Anzi: è un silenzio in cui si sta cercando. "Insomma, alla nostra età, che cosa significa stare con una persona?" Forse significa avere come presupposto la nostra complessità e quella dell'altra persona, le aveva risposto Pietro a Favignana, neanche un mese prima, una sera che però ora le sembra lontanissima. "Ci sarebbe da preoccuparsi se incontrassimo qualcuno senza vincoli, senza ombre e disponibile all'istante, no?"

"Giusto," le fa eco Greta. "Un uomo che a quarant'anni non ha un passato invadente con cui confrontarsi è un immaturo o uno psicopatico."

"Perché, scusa? Io sono assolutamente libera da ormai diciassette anni, ma non mi considero certo una psicopatica. Sono solo molto presa dai miei studi."

"Il che non ha proprio niente di immaturo..." la provoca Tony.

"Volevo dire," continua Lidia. "Che la vera differenza la fa la persona. Non la situazione in cui si trova. Tutto qui."

"In effetti, se tu ti fossi concentrata sulla situazione di Pietro, fra la ex moglie suora e la figlia di cui deve occuparsi ventiquattr'ore al giorno, forse non ci saresti neanche finita a letto..."

"Figurati che invece la scelta della moglie, da quando ha smesso di pretendere l'affidamento di Marianna, ho cominciato ad ammirarla, mi pare un tentativo sincero di mettersi in gioco... E per quella ragazzina provo qualcosa di talmente viscerale che veniva istintivo a me per prima difenderla dall'impatto che avrebbe potuto avere su di lei il mio rapporto con Pietro. Mentre è proprio lui, in quanto persona appunto, che forse sarebbe stato meglio non avvicinare..." Ostenta una risata, ma gli altri animali non la seguono. Anzi, diventano all'improvviso seri. Perfino Igniatios intuisce che è meglio alzarsi, tornare a trafficare in cucina e lasciarli soli.

"Perché dici così, Lidia?" le chiede Tony.

"Perché Pietro è un uomo talmente difficile, talmente compromesso da tutto quello che ha passato... Lorenzo l'ha definito bene: è un disturbato travestito da Mister Famiglia."

"Infatti ti capisce," le fa notare Michele.

"Che vuoi dire?"

"Lidia, fra noi dobbiamo ammetterlo. Siamo cinque poveracci."

"E allora?"

"Allora solo chi non può permettersi il lusso di giudicarci può trovarci interessanti. Volerci perfino bene e regalarci, magari, una vecchiaia dolce. Prendi me e Carmen..." Che si inserisce nella conversazione e si rivolge a Lidia e a tutti gli altri: "Dove lo trovo un altro che non mi consideri pazza, perché solo dopo il divorzio ho desiderato davvero il mio primo marito?".

"E io dove la trovo un'altra che non mi consideri pazzo, perché solo dopo il divorzio ho desiderato davvero mia moglie?"

Lidia li osserva: sono entrambi così convinti di essere nell'unico posto dove potrebbero e vorrebbero essere. Ma ci hanno messo quasi dieci anni per ammetterlo, presi com'erano dallo sforzo di dimenticarsi, anziché di trovare una maniera per ritrovarsi.

"Pensa a quanto dev'essere impegnativo per un uomo venire a capo del tuo perverso mix fra bisogno di indipendenza e bisogno d'attenzione," la incalza Michele.

"Amarsi è senz'altro un'impresa, Lidia... Ma continuare a incrociare persone senza che mai nessuna, dico nessuna, si incastri per davvero nella tua vita è una condanna, è un'allucinazione: te lo ricordi o no?" Greta sospira, nel suo sospiro la stanchezza per tutti i padri dei suoi alunni che ha consolato, per tutte quelle notti, tutti questi anni. "Te lo ricordi quant'è faticoso incontrare un uomo, e poi ancora un altro, e un altro, ma che ti pare sia sempre lo stesso per quanto veloce arriva e per quanto veloce se ne va? Riconosci quant'è raro che, proprio mentre ti incastravi nella sua vita, anche Pietro si incastrava nella tua?"

"E dove la metti la pazienza di sopportare i tuoi estenuanti cambi d'umore?"

"Per non parlare del vizio di usare la verità come una clava credendo che agli altri arrivi come un bacio in fronte."

"E la tentazione che hai di psicanalizzare pure questa feta grigliata?"

"La tua perenne e irritante insoddisfazione?"

"E Lorenzo, poi? È socialmente inaccettabile che tu non riesca a divorziare dal tuo ex marito e continui a mantenere con lui un rapporto tanto privilegiato..."

"Che vi è preso? Perché infierite tutti contro di me?"

"Non vogliamo infierire," Greta si fa portavoce dell'intera Arca. "È solo che Pietro sarà pure un uomo difficile. Ma proprio per questo se ne frega di quanto è socialmente inaccettabile e non ti richiamerà mai a nessun ordine prestabilito."

"Magari invece avrei bisogno proprio di qualcuno diverso da me, qualcuno che mi richiamasse a quell'ordine che dentro, da sola, non riesco a fare e che..."

"Tu?" Michele non resiste e la interrompe. "Tu vorresti essere richiamata a un ordine prestabilito? Per poi fare cosa? Deludere inevitabilmente il disgraziato che te lo ha proposto e che non ti perdonerebbe mai di avere tradito le sue aspettative?"

"La maggior parte della gente è rassicurata da un ordine prestabilito..." riflette a voce alta Elisa.

"Invece essere innamorato è già grasso che cola per Pietro. Come per te. Come per noi," prosegue Michele.

"Lidia, non è affatto ovvia la comprensione che quest'uomo ti offre," conclude Greta.

"Non è ovvia neanche la comprensione che pretende."

"Ma altrimenti il divertimento dove sarebbe?" domanda Tony. E ognuno si perde, per un istante, in un pensiero solo suo. "Ora mi avete stancato, però. Vado in cucina a vedere se Igniatios ha bisogno di una mano ai fornelli. O magari addosso." Si alza e in quel momento squilla il cellulare di Lidia. Restano tutti in attesa, speranzosi.

"È lui, è lui?" chiede Elisa e chiede Greta.

"È lui? È lui?" chiede Michele e chiede Carmen.

Lidia fa cenno di no, con la mano.

È il direttore di rete.

"Buongiorno, Lidia."

"Buongiorno."

"È ancora fuori?"

"Sì, sono in Grecia. E lei?"

"Sono rientrato oggi al lavoro. Tutto bene?"

"Abbastanza, grazie."

"Senta, non voglio rubare tempo alle sue vacanze. Vediamoci appena torna, le va? Ho bisogno di parlarle."

"Mi pare che Maddalena alla conduzione se la sia cavata, gli ascolti sono stati buoni."

"Infatti la vorrei riconfermare. Ma vorrei anche capire che cosa ha in mente di fare lei. Ok, *Tutte le famiglie felici* in effetti aveva bisogno di rinnovarsi, magari però potremmo pensare a un altro format: me ne hanno proposto uno interessante, un reality su quattro ex reclusi che devono reinserirsi nella società, c'è un ex carcerato, una clarissa che ha abbandonato la clausura, un tossico appena uscito dalla comunità e il quarto lo sto ancora valutando, ma so che lei alla conduzione sarebbe perfetta, perché..."

"Grazie, davvero grazie per avere pensato a me."

"Quindi?"

"Quindi no. Se è possibile, a me piacerebbe continuare a lavorare come autrice per Maddalena."

"Su, Lidia. Basta con questa messa in scena. Il video è fatto per lei: non le manca da morire tutta quell'adrenalina?"

"A dire la verità no. Non mi manca." Lidia lo scopre mentre lo dice. Come scopre anche quello che sta per dire: "È altro che mi manca da morire, adesso".


Fra l'infanzia e il troppo tardi, fra la traversata di un'Arca Senza Noè e il rischio di un naufragio, c'è un momento. Non è prima di una vecchiaia dolce e non è dopo un'infanzia tremenda, non è prima di niente e dopo niente, è solo adesso, dopo il dolore, prima del dolore, finalmente è adesso, un momento in cui rimanere mentre c'è, senza fuggire, perché è una fuga in sé, senza sperare, perché è in sé una speranza, io? tu, no no, sì sì, non sono pronto, nessuno lo è.

Voleva diventare un periodo: ma un periodo a forma di momento.

Ce l'ha fatta.

E poi?

Poi vuole diventare quella cosa lì.

Una vita.

Né immaginata, né vera, vera perché mai immaginata, immaginata perché non potrà mai essere vera fino in fondo: è semplicemente la nostra.

Ma bisogna lasciargli libero il passaggio.

Solo così adesso potrà arrivare dove deve. Aggirando le umiliazioni, perdendosi in una ferita per riemergere da un neo, solo così potrà fare breccia. Fra le pance delle persone che abbiamo visto nude, fra gli amici che abbiamo perso, che abbiamo conquistato, fra chi siamo convinti di essere, fra chi ci hanno convinti di essere – donne che hanno bisogno di un ostacolo alla cosiddetta felicità, uomini disturbati travestiti da Mister Famiglia, figlie non capite, figli amati male –, fra una richiesta che evapora in un silenzio, fra gli anni, i rancori, la stanchezza, gli anni, la nostalgia, fra tutti quegli anni, la miseria, tutta quella stanchezza.

Quella paura.

Quella paura.

Quella

# PAURA.

Solo così potrà fare breccia.

Così come adesso, un adesso che c'era riuscito, era arrivato dove doveva, aveva provato a forzare le sbarre del momento: ci prova di nuovo. E forza le sbarre del periodo. Si trasforma in un messaggio, parte da un Pianeta Cellulare come tanti – sono le quattro di notte –, balla sull'ultimo annuncio del megafono di un campeggio – sono le quattro del mattino –, striscia sotto il fumo della prima canna rollata in un Erasmus nel Paese del Niente, s'infila nella barba di un Noè che non c'è, scivola lungo il desiderio, scivola lungo un mistero, scivola lungo un fiume di ouzo e ce la fa, arriva a un altro Pianeta Cellulare come tanti: *Ciao, Lidia. Che fai? Io ti penso sempre.*

*Bip bip.*

*Sul cellulare di Valentina è appena arrivato un messaggio.*

*"Chi è che ti scrive a quest'ora?" le domanda l'uomo che si sta rivestendo in camera sua. "Il tuo fidanzato?"*

*Quindi dà per scontato che io una mia vita ce l'abbia e che questa fra noi sia solo una scopata: realizza lei. Come d'altronde dà per scontato che, finita la scopata, se ne torni a dormire nel suo albergo e non rimanga qui, abbracciato a lei.*

*Eppure stavolta credeva davvero fosse tutto diverso: questo Roberto è un tipo per bene, uno scienziato, e oltre che per bene dovrebbe essere molto sensibile, perché studia il dolore. Gliel'ha detto subito, appena è entrato in erboristeria: "Sono a Milano per un convegno e ho dimenticato a casa le mie compresse di Bioanacid. Si figuri che con il mio gruppo di ricerca mi occupo del dolore, ma contro il bruciore di stomaco non ho difese". E a lei è sembrato l'inizio di una conversazione personale. Intima. Che lui le guardasse le tette poteva essere solo un riflesso incondizionato o magari perfino un modo di essere galante.*

*Valentina, per ostentare indifferenza, accende la tv. C'è una replica del suo programma preferito,* Tutte le famiglie felici.

*Lo scienziato finisce di allacciarsi la camicia e dà un'occhiata allo schermo: "Non lo conduce più Lidia Frezzani?".*

"No."

"Veniva a scuola con me, l'ho rivista l'anno scorso a una cena fra ex compagni di classe. Una vera disperata, e non per modo di dire."

Valentina sente qualcosa premere forte, all'altezza della pancia: è come un pugno. E per difendersi da quel pugno, dice: "Comunque il messaggio che ho ricevuto è sicuramente del mio fidanzato, sì. Si chiama Max ed è molto, molto geloso".

"Dunque è meglio filare via di corsa," fa lui. Ha già la mano sulla maniglia della porta, ma prima di uscire le guarda di nuovo le tette. "Sei una delizia, sai? Te lo dice uno che avverte spesso l'aspirazione a stabilire un contatto con la bellezza che si pone come assioma."

Poi se ne va.

Senza nemmeno averle chiesto il numero di telefono.

Valentina, ancora completamente nuda, rimane per chissà quanto tempo immobile, di fronte al televisore acceso.

Poi va in bagno e si fissa allo specchio. Prima si concentra anche lei sulle tette, certo che sono davvero esagerate, pensa, e le scappa un sorriso fiero, mentre se le comincia ad accarezzare. Ma le tornano in mente quelle parole: una vera disperata, e non per modo di dire. E sente di nuovo premere il pugno, sotto le costole. Allora si cerca gli occhi. Per promettere a se stessa, solennemente: "Da questo preciso momento in poi, per un anno intero, non accetterò mai più l'invito di un uomo. Mai più".

Torna in camera e si ricorda del messaggio che le è arrivato sul cellulare.

"Ciao, sono Luca, il libraio di Roma. Ci siamo conosciuti quasi un anno fa, non so se ti ricordi di me. Io sì, mi ricordo. Mi piacerebbe molto rivederti e conoscerti meglio."

"Mi piacerebbe conoscerti meglio..." ride amara Valentina. "Non mi freghi, sai? Fino a ieri mi sarei emozionata, ripensando ai tuoi occhi da gorilla ferito: figurati che cretina. Adesso però sono cambiata. Sono veramente, finalmente cambiata. Adesso li riconosco gli stronzi."

E cancella il messaggio, ripetendo fra sé e sé: "Adesso li riconosco gli stronzi".

"Ciao."
"Ciao."
"Lidia, voglio che tu sappia subito che io..."
"Pietro?"
"Sì."
"Andiamo di là e facciamo l'amore."

È che ci sono sette miliardi di persone, al mondo.

Ma fondamentalmente si dividono in due categorie.

Ci sono quelle che amiamo.

*E poi ci sono tutte le altre. Che sono tantissime.*

Le prime invece sono poche.

*Le incontriamo in spiaggia, a una mostra, su un aereo, in chat.*

Chi lo sa dove le abbiamo incontrate la prima volta.

*Parlano troppo, parlano poco, hanno un'infanzia da riparare, sono spaventate, sbagliano tutto, non sono pronte – anche se nessuno lo è.*

Parlano troppo, parlano poco, hanno un'infanzia da riparare, sono spaventate, sbagliano tutto, sono pronte – anche se nessuno lo è.

*Non gli perdoniamo niente.*

Possiamo perdonargli tutto.

*La loro storia non ci riguarda.*

La loro storia diventa la nostra.

*Ci confermano che siamo affascinanti, che siamo soli, che abbiamo due tette esagerate.*

Ci costringono a cambiare quello che riusciamo a cambiare e a fare pace con quello che non potremo cambiare mai: per questo amarsi è un'impresa.

*Ma incrociarsi è una condanna, è un'allucinazione, è un programma televisivo dove il conduttore a ogni puntata cambia casa per dimenticarsi che una casa non ce l'ha.*

Tuttavia qualcosa in comune, le persone che amiamo e tutte le altre, ce l'hanno: fanno come gli pare.

Possono andare via quando vogliono.

*In un caso ci lasciano addosso un vago rimpianto.*

Se le amiamo, invece, ci devastano.

Eppure da qualche parte, sotto le costole, all'altezza della pancia, resteranno per sempre.

Quindi al per sempre tanto vale non pensare e pensare, invece: lui è qui.

Lei è qui.

Adesso.

Mentre arriva un altro autunno, un'altra bolletta, è di nuovo mercoledì sera.

È di nuovo Natale.

E Lorenzo sveglia Efexor, lo tira per il guinzaglio e scende dal treno che li ha portati a Milano.

Gli animali dell'Arca, come Lidia chiama quei suoi quattro amici sciroccati quanto lei, sono arrivati la sera prima, e si sono sistemati in un bed and breakfast, ma lui fino all'ultimo è rimasto indeciso sul da farsi.

Poi ha preferito accontentare quella rompipalle, è talmente nervosa di incontrare ufficialmente, da fidanzata del papà, la figlia del pennellone: "Vengo a sostenerti, dai. Sennò poi chi ti sente, Lilo," le ha masticato, per telefono. Ma la verità è che l'idea di quella strana, affollata vigilia gli piace. E soprattutto non gli piace l'idea di una vigilia senza Lidia: questo però non lo ammetterà mai.

Prende la metro e segue le istruzioni per arrivare a casa del pennellone.

A Milano fa freddo e il cielo è pulito, senza una nuvola, come se ci fosse passato un aspirapolvere: potrebbe nevicare, riflette Lorenzo.

Mentre, con Efexor che gli trotterella sempre al fianco, arriva sotto al portone di Pietro.

C'è una ragazzina con la testa piena di ricci piantata davanti al citofono e Lorenzo sente di averla già vista da qualche parte.

Ma sì, certo: l'ha vista in quella puntata di *Tutte le famiglie felici*. È proprio la figlia del pennellone.

Si dondola su una gamba, di fronte a un ragazzino con la pelle di cioccolata che sorride nervoso.

E le chiede: "Allora? È sì o è no?".

È evidente che la ragazzina vorrebbe rispondere sì, ma è imbarazzata. E continua a dondolarsi con gli occhi bassi, incollati alle punte dei suoi stivaletti di pelo.

Quanta merda devono ancora ingoiare, pensa Lorenzo. Sono solo all'inizio e non hanno idea dei casini che li aspettano, delle infinite discussioni dove ognuno vorrà avere ragione ma nessuno ce l'avrà, perché la ragione non esiste; non immaginano le notti insonni, le porte che sbatteranno, le bugie che diranno, quelle a cui saranno costretti a credere per tirare avanti, gli schiaffi in faccia, i morsi allo stomaco, i desideri inutili di cui si annoieranno un attimo dopo, ma per cui rischieranno di perdere tutto quello che conta, le ripicche, i silenzi.

Poveracci, pensa.

E subito però lo attraversa un altro pensiero. Nemmeno questo ammetterà mai, ma lo attraversa. Beati loro.

...e adesso?